W. BRUNO

ÉTUDES 1737 2

SHAKSPEARIENNES

PREMIÈRE SÉRIE

DON GARCI-FERNANDEZ

Xᵉ SIÈCLE

UN FRANC

PARIS

E. DENTU, LIBRAIRE-ÉDITEUR

PALAIS-ROYAL, 13, GALERIE D'ORLÉANS

1856

ÉTUDES

SHAKSPEARIENNES

SOUS PRESSE

DEUXIÈME SÉRIE

LES AMOURS DE TRIBOULET

XVIᵉ SIÈCLE

—

TROISIÈME SÉRIE

LES MORTS VONT VITE

XVIIIᵉ SIÈCLE

—

QUATRIÈME SÉRIE

L'ÉTUDIANT DE HEIDELBERG

XVᵉ SIÈCLE

—

W. BRUNO

ÉTUDES
SHAKSPEARIENNES

PREMIÈRE SÉRIE

DON GARCI-FERNANDEZ

X SIÈCLE

> De ton lit aux frontières du monde,
> il n'y a que deux pas : la volonté,
> — la foi!...   BALZAC.

PARIS

E. DENTU, LIBRAIRE-ÉDITEUR,

PALAIS-ROYAL, 13, GALERIE D'ORLÉANS.

1856

PARIS. — IMPRIMERIE CARRÉ-MICHELS

PASSAGE DU CAIRE, 78 ET 79

AU LECTEUR

—

Cher lecteur, avant de nous juger, dai-
gnez nous entendre; nous ne sommes pas,
croyez-le bien, aussi ambitieux que nous
le paraissons; nous ne prétendons ni juger, ni continuer, ni même imiter l'œuvre
de l'immortel Shakspeare: nous l'étudions,
voilà tout.

Ce nom est un drapeau que nous arbo-
rons hautement, non pour abriter notre
chétive obscurité, mais pour nous distinguer de ceux qu'on nous oppose.

Enfin, de même qu'on se dit élève de
Delacroix, sans prétendre se draper dans
la majesté du maître, nous nous présen-
tons comme élève de Shakspeare, pour
rendre hommage à celui qui nous guide.

Un dernier mot :

La première partie des études que nous
vous soumettons aujourd'hui n'a pas eu
les honneurs de la rampe, parce qu'il est
certaines exigences auxquelles nous n'a-
vons pas cru devoir nous soumettre. A

tort ou à raison, nous n'avons vu dans ces exigences qu'un prétexte pour dissimuler la mauvaise grâce d'un refus sans franchise, car en dernier lieu, et comme considérations générales, on nous a dit :

«Vous ne l'ignorez pas, les cartons sont
« pleins, ils regorgent d'œuvres *remar-*
« *quables* ; il y a donc très peu de place
« pour un débutant, surtout pour un dé-
« butant qui tente de se frayer une route
« nouvelle, ou du moins une route con-
« traire à celle vers laquelle se porte le
« public : —LE RÉALISME... Shakspeare
« *avait* du bon, mais il a fait son temps.
« Il nous faut du moderne ; faites-nous du
« Courbet, et, au point où vous êtes, nous

« vous garantissons, sinon le succès, du
« moins, notre concours (1). »

Dans ces conditions l'air nous man-
quait. Voilà pourquoi nous sommes ici
cherchant, non des bravos, mais des
juges !

21 septembre 1855.

---

(1) Le fait contraire est assez rare pour ne pas oublier de remercier hautement ceux qui nous ont accueilli
avec l'urbanité et la franchise désirables; parmi ces
derniers, au premier rang, nous citerons M. Moreau,
de la Porte-St-Martin, dont les intelligents conseils ne
nous ont pas fait défaut.

LA ROMANCE

DU COMTE GARCI-FERNANDEZ

NOTICE.

Le comte Garci-Fernandez, fils du comte Fernan-Gonzalez, succéda à son père vers l'an 980 et mourut en 1005. La chronique générale vante beaucoup ce Garci-Fernandez, et raconte tout au long l'aventure sur laquelle a été composée la romance qui va suivre.

COMMENT LE COMTE GARCI-FERNANDEZ FUT TRAHI PAR SA FEMME, ET COMMENT IL SE VENGEA.

La Castille était fort triste et faisait de grandes lamentations, parce qu'il était mort, ce Fernan-Gonzalez qui si bien la défendait.

Son fils eut son état. Ce comte don Garcia, qui de son surnom s'appelait Fernandez, ressemblait beaucoup à son père. Il est un chevalier de haute taille, de belles manières et prudent. Il a des mains aussi blanches que la neige alors qu'elle tombe du ciel ; et il les porte toujours gantées, afin de ne pas inspirer par-là de l'amour.

Le bon comte se maria en France avec une dame nommée doña Argentine, laquelle passa par sa terre en allant en pélerinage à Saint-Jacques. Il vécut six années avec elle ; ils n'eurent ni fils ni fille. Le comte étant tombé malade au point de donner à craindre pour sa vie, la comtesse, comme une mauvaise femme qu'elle était, lui fit une grande trahison : elle s'en fut en France avec un comte qui était venu la visiter.

Le comte Garci-Fernandez en conçut beaucoup de colère ; et, une fois guéri de sa maladie, il annonça aux siens qu'afin d'accomplir un vœu qu'il avait fait pour sa guérison, il allait, avec des présents, en pélerinage à Rocamador.

Il se mit en route accompagné d'un seul écuyer. Tous deux vont sans se faire connaître, vêtus de pauvres vêtements, et les voilà arrivés dans l'endroit qu'habitent les deux perfides. Là, le comte Garci-

Fernandez, avec grande prudence, s'enquit de toute la vie du comte, et il sut qu'il avait une fille nommée doña Sancha, laquelle était belle infiniment. Garci-Fernandez, comme avisé, pensa qu'il lui importait de parler à elle, de façon ou d'autre, au plus tôt.

Or doña Sancha voulait beaucoup de mal à cette doña Argentine qui l'avait brouillée avec son père, et ne pouvait supporter une telle vie. Elle allait cherchant un moyen de se soustraire à ses ennuis. Elle parla avec une damoiselle, lui disant en secret : « Amie, sache que je ne puis supporter cela plus longtemps. As-tu déjà vu les pauvres à qui l'on donne chaque jour la ration à la porte de mon père ? Eh bien ! regarde adroitement s'il y a parmi eux quelque gentilhomme là demandant l'aumône, lequel soit beau et bien fait, et amène-le-moi : cela me fera plaisir. Je désire parler avec lui, cela est pour moi très important. »

La damoiselle, avisée qu'elle était, mit la chose en œuvre. Elle alla un jour au lieu où les pauvres recevaient la pitance ; et parmi eux elle vit le comte, le bon comte de Castille, pauvre et mal vêtu, mais qui lui parut fort bien. Elle vit qu'il était très beau, grand, bien fait à merveille ; elle vit ses belles mains,

que le bon comte tenait découvertes. Elle pensa en
elle-même que c'était un homme de prix. Elle le prit
à l'écart, et le conjura de lui dire s'il était gentilhomme, qu'il n'aurait qu'à se louer d'elle. — Le
comte lui répondit qu'il l'était plus que le seigneur
qu'elle avait. — La damoiselle écouta avec beaucoup
d'attention sa réponse. « Attendez-moi ici, seigneur;
je reviens vers vous à l'instant. »

Elle fut vers sa dame et lui conta ce qui s'était
passé. Par ordre de doña Sancha, don Garcia vint
devant elle. Elle dit au comte : « Veuillez, je vous
prie, me dire en grâce par quelle raison vous êtes de
meilleure noblesse que le seigneur de ce pays, que
j'ai pour père ? ».

Le comte répondit en disant : « Je suis en votre
pouvoir, mon sort est en vos mains : vous pouvez
me donner la vie ou la mort. Si vous voulez savoir
qui je suis, je me découvrirai à vous ; mais promet-
tez-moi en secret que vous n'en parlerez pas. »

Doña Sancha ayant juré qu'elle ne le répéterait
point, le comte dit : « Madame, je vous dis la vérité
et non un mensonge : je suis don Garci-Fernandez, ce comte de Castille. Votre père, qui est ici,
m'a fait une grande trahison : il m'a enlevé ma
femme, avec qui j'étais marié, et la tient ici chez

lui. J'en ai eu beaucoup de chagrin, et, plein de honte, j'ai promis de ne retourner à ma terre qu'après lui avoir ôté la vie ; et , pour accomplir ma promesse, j'ai revêtu ces méchants habits afin que personne ne me reconnaisse et ne mette empêchement à ma vengeance. »

Doña Sancha eut plaisir de ce que le comte lui disait, parce qu'elle voyait qu'il lui en viendrait beaucoup de bien. Elle dit au comte : « Seigneur, si quelqu'un vous donnait aujourd'hui le moyen d'exécuter ce que vous m'avez dit , en retour que lui donneriez–vous, et quelle serait sa récompense ? »

Le comte répondit sur–le–champ : « Je me marierais avec vous , je vous emmènerais avec moi dans mon comté de Castille, vous seriez comtesse et dame de la terre qui m'appartient. »

Elle lui dit que bientôt il pourrait prendre une grande vengeance.

Elle le cacha en secret là où dormait son père et la comtesse, et , la troisième nuit, doña Sancha usa d'un stratagème : elle revêtit le comte don Garci-Fernandez d'une grande cuirasse, lui donna un couteau, et le mit sous le lit où son père et cette femme avaient l'habitude de dormir. Elle lui recommanda de se tenir tranquille, et lui attacha au pied une corde, afin qu'au moment où s'endormiraient ceux qui l'avaient si malement offensé, doña Sancha la tirât, et que don Garcia, sortant aussitôt, pût sans péril les tuer tous deux.

Cela convenu, le comte et sa mie s'étaient couchés, don Garcia étant placé sous le lit. Dès qu'ils furent endormis, doña Sancha, qui le vit, tira aussitôt la corde; le comte sortit vivement, les égorgea tous deux, leur coupa la tête, et, avec ces deux têtes et sa femme, s'en retourna en Castille.

Quand il fut de retour, il rassembla ses gens, leur conta ce qui était arrivé, sans en rien omettre, et puis le comte dit à ses vassaux : « Amis, à partir de ce jour je redeviens votre seigneur, puisque je me suis vengé; car étant si déshonoré je ne méritais pas d'avoir des vassaux. »

Il épousa doña Sancha, mena avec elle une heureuse vie, et d'eux naquit don Sanche, qui lui succéda en Castille.

Tiré du *Romancero Général*, traduction Damas Hinard, tome I", page 83. — Paris. — Delahays. — 1844.

DON GARCI-FERNANDEZ

Xe SIÈCLE

PERSONNAGES

—

DON GARCI-FERNANDEZ, Comte de Castille.

DONA ARGENTINE, Comtesse de Castille.

LE COMTE JULLIEN, Seigneur Français.

YOLANDE, Fille du Comte Jullien, connue dans l'histoire sous le nom de dona Sancha.

DIEGO,
RODRIGUES, } Ecuyers de don Garcia.

LE PAGE du Comte Jullien.

EBN-YOUSEF, Lieutenant d'El-Mansour.

ISOLINE, Suivante de Yolande.

LA CAMÉRISTE de dona Argentine.

UN MOINE.

DOCTEURS Espagnols et Mores.

MAGUELONE, la Sorcière.

UN JUIF.

DES MENDIANTS.

UN GEOLIER.

HOMMES D'ARMES,
ARCHERS,
FRONDEURS, } Espagnols, Français et Mores.

VASSAUX.

VARLETS.

FAUCONNIERS.

ACTE PREMIER.

—

BURGOS.

Le théâtre représente la grand'salle du château de don Garci-Fernandez. Ameublement et ornementation moyen-âge : mélange de sombre grandeur et de naïve simplicité. — Au fond de la scène, faisant face au spectateur, une grande porte à deux ventaux conduisant dans la chambre à coucher de don Garcia. — A droite, une vaste cheminée entre deux portes : l'une donnant dans les appartements de dona Argentine, l'autre dans la salle d'attente. — A gauche, deux hautes fenêtres donnant sur la campagne ; dans l'entre-deux des fenêtres, placé sur une estrade, un grand fauteuil de bois sculpté surmonté d'une couronne de comte. — Il est deux heures de l'après-midi.

———

SCÈNE PREMIÈRE.

Au lever du rideau, quelques hommes d'armes et des varlets se promènent silencieusement. — Rodrigues aborde Diego, qui vient d'entrer.

RODRIGUES.

Ah ! Diego !

DIEGO, lui serrant la main.

Quoi de nouveau ?

4

RODRIGUES.

Monseigneur est bien mal.

DIEGO.

Je gage qu'il y aura fête ici demain.

RODRIGUES.

Pour penser comme toi, je donnerais la moitié
de ce qu'il me reste à vivre,

DIEGO.

Tu parles sérieusement?

RODRIGUES.

Le mal est si grand, que tous les savants des
Espagnes et de la Mauritanie ont été convoqués.
Pour le moment, ils sont là, dans cette chambre,
discutant sur ce qu'il reste à faire pour tenter
de sauver monseigneur.

DIEGO.

Tu vois bien alors que tout espoir n'est pas
perdu.

RODRIGUES.

Je ne sais ce qu'ils décideront, mais pour moi
qui viens de quitter à l'instant monseigneur, je
l'ai vu si mal, si mal, que j'ai grand'peur... Non,
je suis sûr, Diego, que malgré toute la science
des Infidèles, il rendra son âme à Dieu avant la
fin du jour.

DIEGO.

Et moi, je te dis... Tu es fou !... Quand on est jeune, beau et vaillant chevalier, et comte de Castille, qu'on s'appelle Garci-Fernandez et qu'on a du sang des Lara dans les veines ; quand on a vingt châteaux forts et plus de mille hommes d'armes ; quand on a vaincu les comtes de Vela et qu'on est la terreur des Infidèles : on ne peut pas mourir dans son lit comme une femmelette.

RODRIGUES.

Dieu t'entende !

DIEGO.

Certes, oui, il m'entendra... Qui vient ici?...

(Une des portes de droite s'ouvre, un varlet entre ; il s'adresse à Rodrigues.)

SCÈNE II.

LE VARLET.

Messire, une députation des principaux habitants de la bonne ville de Burgos vient humblement prendre des nouvelles de la santé de leur seigneur et maître.

RODRIGUES.

Dites-leur que, pour le moment, nous ne savons rien encore.

LE VARLET.

Ils vous supplient aussi de les laisser pénétrer jusqu'à monseigneur, pour mettre à ses pieds leur dévouement et leurs vœux.

RODRIGUES.

Alors, faites-les attendre.

(Comme le varlet sort, le page du comte Jullien entre tenant une lettre à la main. Il court étourdiment se heurter contre Rodrigues.)

SCÈNE III.

LE PAGE.

Monseigneur!... monseigneur!... Ah! il n'est pas ici !

RODRIGUES.

Silence donc! page de malheur!... Ne sais-tu pas que tu es dans l'appartement d'un mourant?

LE PAGE.

Je cherche mon maître.

RODRIGUES.

Que l'enfer vous confonde tous les deux!

LE PAGE.

Ainsi soit-il! pourvu que ce ne soit pas avec vous.

RODRIGUES.

Tais-toi et va-t'en.

(Le page, qui avait fait quelques pas pour sortir, revient vers Rodrigues. Il se campe fièrement devant lui.)

LE PAGE.

Messire Rodrigues, quand on m'appelle, je ne viens pas toujours, mais lorsqu'on me dit : Va-t'en, je reste... Voilà comme je suis, pour vous servir.

(Il s'incline.)

RODRIGUES, avec colère.

Va-t'en, maudit page, ou je te brise...

DIEGO, retenant Rodrigues.

Rodrigues .. que fais-tu ? Ne vois-tu pas que tu as affaire à un enfant ?

RODRIGUES.

C'est vrai, tu as raison : une barbe grise comme moi ne peut pas se mesurer avec un avorton de cette espèce... Ah! c'est dommage !

LE PAGE.

Que dit sa gracieuseté ?

(Rodrigues ne répond pas.)

DIEGO, à Rodrigues.

A qui appartient ce jeune jouvenceau ?

1·

RODRIGUES.

Au comte Jullien.

DIEGO.

Il a bonne mine.

LE PAGE.

Rien... Alors grand'merci! Je pars, car je suis très pressé.

(Il sort.)

SCÈNE IV.

DIEGO.

Le comte Jullien?... N'est-ce pas lui que tu envoyais si charitablement à Satan?

RODRIGUES.

Lui-même.

DIEGO.

Peut-on savoir ce que tu as contre lui?

RODRIGUES.

Ce que j'ai contre lui?... Tu le demandes!... Mais, tu ignores donc ce qui se passe ici?

DIEGO.

Et comment le saurais-je? Sais-tu que voilà bientôt six mois que je vis seul et oublié dans le fond de l'Estradamure?

RODRIGUES.

C'est vrai, ce ne fut que quelques jours après ton départ que le comte arriva ici.

DIEGO.

D'où venait-il, ce comte?

RODRIGUES.

De France.

DIEGO.

Ah! c'est un compatriote de dona Argentine.

RODRIGUES.

Oui, et c'est à ce titre que, passant à Burgos pour se rendre à Saint-Jacques de Compostelle, il vint rendre visite à dona Argentine. Cet homme est assez heureusement doué de sa personne. Il chante et danse comme une femme; il chasse et monte à cheval comme le meilleur de nos chevaliers...

DIEGO.

Voilà bien les Français!

RODRIGUES.

Bref, par ses belles manières et son doux parler, il prit un tel empire sur l'esprit de don Garcia que, lorsqu'il fut pour partir, monseigneur le supplia de rester.

DIEGO.

Le comte resta.

RODRIGUES.

Pour notre malheur à tous!...

DIEGO.

Je ne te comprends pas ?

RODRIGUES.

Le comte, usant déloyalement de la position
que l'amitié de don Garcia lui avait faite, eut la
félonie de séduire et de compromettre la femme
de son hôte.

DIEGO, saisissant le bras de Rodrigues.

Que dis-tu?

RODRIGUES.

La vérité.

DIEGO.

Allons, c'est impossible ! Dona Argentine, la
femme de don Garci-Fernandez, la comtesse de
Castille, ne peut être la maîtresse d'un chevalier
félon.

RODRIGUES.

Pas si haut!.. le mourant pourrait nous entendre... Ecoute, non seulement elle a souillé la
couche et terni le blason des Garcia, mais encore

elle a l'impudeur d'afficher effrontément ses scandaleuses amours.

DIEGO.

Sais-tu bien, Rodrigues, que tout autre que toi eût payé de sa vie un pareil propos.

RODRIGUES.

Alors, il te faudra tuer tous ceux qui sont ici et dans toute la Castille.

DIEGO.

Est-ce que je rêve?

RODRIGUES.

Tu doutes encore?.. Tiens. (Il s'adresse aux hommes d'armes et aux varlets qui sont près d'eux.) Approchez, vous autres. Quel est celui d'entre vous qui tient dona Argentine, l'épouse de notre bien-aimé seigneur et maître, pour une digne femme?

TOUS.

Honte et malheur sur elle !

RODRIGUES, à Diego.

Tu l'entends.

DIEGO.

Miséricorde!... Vous êtes fous!

RODRIGUES.

Ouvre cette porte, descends dans la cour, parcours nos rues, nos places, nos marchés ; répète ce que tu viens d'entendre, et partout, partout, entends-tu bien : depuis le plus petit jusqu'au plus grand, depuis l'herbe qui croît sous nos pieds, jusqu'aux pierres qui nous abritent, tu entendras crier : Honte et malheur sur dona Argentine, l'épouse infidèle de Garci-Fernandez!

DIEGO.

Et monseigneur, que dit-il? que fait-il?

RODRIGUES.

Il meurt!...

DIEGO.

Mais sa vengeance?

RODRIGUES.

Il ignore tout ce qui se passe ici.

DIEGO.

Alors c'était à vous de le venger; il fallait tuer ce Jullien. Quoi! pas un de vous ne l'a provoqué! N'y a-t'il plus d'hommes d'armes ici? n'êtes-vous pas Castillans? êtes-vous des femmes ou des enfants pour pleurer et gémir au lieu de vous venger?

UN HOMME D'ARMES.

Nous avons tous juré sa mort.

DIEGO.

A quoi bon jurer lorsqu'on doit frapper?... Je m'en chargerai moi...

(Il va pour sortir.)

RODRIGUES.

Arrête, Diego!... Il n'est pas temps encore. Sois tranquille, le moment venu, tu ne seras pas seul à disputer cet honneur; mais aujourd'hui il faut se contenir et attendre.

DIEGO.

Attendre! Ne sais-tu pas que la honte est comme la tache d'huile : plus elle vieillit , plus elle s'étend. Pourquoi attendre?

RODRIGUES.

D'abord, parce que le comte Jullien est encore notre hôte.

DIEGO.

Notre hôte!

RODRIGUES.

Et puis, ne t'ai-je pas dit que don Garcia se meurt, qu'il ignore sa honte, et que les misérables qui le trahissent sont aimés par lui plus que son salut éternel, peut-être!

DIEGO.

Qu'importe , plus l'outrage est grand, plus la vengeance doit être prompte!

RODRIGUES.

Tu ne nous comprends pas ; chacun de nous a
refoulé sa vengeance dans son sein pour ne pas
empoisonner les derniers moments de don Garcia, pour ne pas troubler son âme par cette trahison dans le moment où elle doit se recueillir
pour se préparer à comparaître devant le Tout-
Puissant ; mais, lui mort, j'en jure Dieu ! notre
vengeance sera aussi prompte que terrible.

DIEGO.

Oui, je vous comprends.

RODRIGUES.

Alors fais comme nous.

DIEGO.

Sois tranquille, je serai digne de vous... Pardon à vous tous que j'ai calomniés.

(Il leur serre la main.)

UN HOMME D'ARMES.

Messire, vous en aviez le droit.

(On entend du bruit.)

DIEGO.

Qui vient ?

RODRIGUES.

Dona Argentine, peut-être... Sortons.

UN HOMME D'ARMES.

C'est la camériste.

(La camériste de dona Argentine entre; elle tient une lettre à la main.)

SCÈNE V.

DIEGO, à Rodrigues.

Pourquoi voulais-tu sortir? C'est à elle et non à nous de se cacher.

LA CAMÉRISTE, à un varlet.

Portez cette lettre, tout de suite, au comte Jullien, de la part de dona Argentine.

RODRIGUES, bas à Diego.

Regarde ce qui se passe. C'est le châtiment qui commence.

(Les varlets se lèvent un à un à mesure que la camériste leur présente la lettre. Ils sortent sans prononcer un mot.)

LA CAMÉRISTE, tristement.

Personne!

(Elle rentre lentement dans les appartements de dona Argentine.)

SCÈNE VI.

DIEGO.

Bien! bien!

2

RODRIGUES.

Tu dois comprendre maintenant pourquoi je te disais : Sortons... Partout où nous rencontrons cette femme, nous nous éloignons d'elle comme d'un lépreux.

(On entend la voix de dona Argentine.)

DONA ARGENTINE.

Par mon saint patron! si ce que tu dis est vrai, je les ferai châtier tous comme ils le méritent.

RODRIGUES.

Cette fois, c'est bien elle.

DIEGO.

Viens, car je crains de ne pas avoir la force de voir cette femme en face, sans lui montrer la haine et le mépris qu'elle m'inspire.

(Ils sortent par la porte de droite, au premier plan, et dona Argentine, suivie de sa camériste, entre par la porte de droite, au deuxième plan.)

SCÈNE VI.

DONA ARGENTINE.

Holà! quelqu'un. (Elle s'adresse à un des hommes d'armes qui est près d'elle.) Faites monter à l'instant les

varlets qui étaient de service tout-à-l'heure.
(Les hommes d'armes restent immobiles, et personne ne répond.)
M'entendez-vous ?...

UN HOMME D'ARMES.

Nous sommes des hommes d'armes et non des
varlets.

DONA ARGENTINE.

Qu'importe, obéissez. Je le veux... je l'ordonne !...

(L'homme d'armes, à qui elle s'adresse, lui tourne le dos sans
daigner lui répondre; il se promène tranquillement.)

DONA ARGENTINE.

Ainsi, personne de vous ne veut faire ce que
j'ordonne?... Prenez-garde, messires, si vous
êtes hommes d'armes, je suis châtelaine, moi !
j'ai droit de justice haute et basse, et je puis, in-
solents que vous êtes, faire jeter bas les têtes
qui ne se courbent pas.

(Un silence, pendant lequel les hommes d'armes se promènent
sans faire attention à dona Argentine, puis ils sortent un
à un sans tourner la tête vers elle.)

SCÈNE VIII.

DONA ARGENTINE.

Les lâches !... ils me bravent parce que je ne

suis qu'une femme... Oh je me vengerai !... (Elle
se tourne vers sa cameriste.) Porte toi-même cette lettre au comte.

(Au lieu de sortir, la cameriste se jette aux pieds de
dona Argentine.)

LA CAMÉRISTE.

Pardonnez-moi, madame, je ne puis plus vous
servir.

DONA ARGENTINE.

Que signifie?... m'abandonnerais-tu aussi,
toi que j'ai comblée de bienfaits?

LA CAMÉRISTE.

Ah! madame, si vous saviez !

DONA ARGENTINE.

Je veux tout savoir. Parle.

LA CAMÉRISTE.

Mon père est venu me trouver ici.

DONA ARGENTINE.

Ton père !

LA CAMÉRISTE.

Il savait, m'a-t-il dit, que seule parmi vos
femmes je n'avais pas voulu vous quitter, et
malgré mes larmes et mes prières, il m'a juré
que, si passé douze heures j'étais encore à votre

service, je serais chassée et maudite par lui comme une malheureuse.

DONA ARGENTINE.

Ah! ton père a fait cela!... Ton père, mais je le croyais bien loin d'ici?

LA CAMÉRISTE.

Dans la Biscaye.

DONA ARGENTINE.

Comment a-t-il pu savoir ce qui se passe ici?... Qui le lui a dit?

LA CAMÉRISTE.

Mon fiancé.

DONA ARGENTINE.

Ah! celui-là aussi, sans doute, veut que tu m'abandonnes?

LA CAMÉRISTE,

Dans un instant il doit venir pour me conduire chez mon père, ou pour me retirer mon anneau de fiançailles, s'il me trouve encore près de vous... Pardonnez-moi, madame, de vous quitter ainsi, mais ils le veulent tous.

DONA ARGENTINE.

Et tu ne te sens pas assez forte pour leur résister?

LA CAMÉRISTE , baissant la tête.

Je les aime.

DONA ARGENTINE, passant les mains sur son front.

C'est bien, va-t-en... Je porterai moi-même
cette lettre.

(La camériste se lève et sort après avoir baisé le bas de la robe
de dona Argentine.)

SCÈNE IX.

DONA ARGENTINE.

Seule !... Suis-je assez avilie ?... Est-ce assez
d'outrages ?... Qui donc me vengera ?... (Le comte
Jullien entre.) Ah Jullien ! Monseigneur, protégez-
moi.

(Elle se jette dans ses bras.)

LE COMTE.

Contre qui ?

DONA ARGENTINE.

Contre tous... Ils m'ont insultée... Ils me re-
fusent obéissance, et tous, jusqu'aux varlets,
s'éloignent de moi avec ostentation quand je
passe près d'eux... Mes femmes, mes femmes
elles-mêmes m'ont abandonnée.

LE COMTE.

Sur mon âme, c'est une trahison.

DONA ARGENTINE.

N'est-ce pas, monseigneur, que vous êtes bien
à moi comme je suis toute à vous ?

LE COMTE.

Oui, certes; et cela fait mon orgueil et ma
joie.

DONA ARGENTINE.

N'est-ce pas, que vous devez haïr ceux qui
me font tant de mal ?

LE COMTE.

Pourquoi en douter ? Comme ton amour, je
partage ta haine.

DONA ARGENTINE.

Alors... vous me vengerez?

LE COMTE.

Ma vengeance sera grande comme mon
amour pour toi, je te le jure !

DONA ARGENTINE.

Ah ! monseigneur, je vous aime comme Dieu ;
toute ma vie est en vous !

LE COMTE.

Pour cette douce parole, j'aurais renié mon
Dieu !

DONA ARGENTINE, mettant un doigt sur les lèvres du comte

Tais-toi...

LE COMTE.

Ecoute... je vais partir...

DONA ARGENTINE.

Vous, partir !... Où cela ?...

LE COMTE.

Pour la France. Je viens de recevoir une lettre de ma fille. Il faut que je parte à l'instant.

DONA ARGENTINE.

O monseigneur! emmenez-moi, de grâce! emmenez-moi tout de suite, je ne puis pas rester seule ici, j'ai peur !... j'ai peur !...

LE COMTE.

Je vous laisserai quelques-uns de mes hommes d'armes, les plus braves, pour vous protéger. Ils veilleront sur vous jusqu'au jour où vous pourrez venir me rejoindre.

DONA ARGENTINE.

Pourquoi voulez-vous que je reste ici, puisque vous ne devez plus y revenir?

LE COMTE.

Don Garcia vit encore; épargnons-lui une

dernière douleur... Ne le quittez qu'après lui avoir fermé les yeux.

DONA ARGENTINE.

Non, je ne veux pas. Lui, ce n'est plus qu'une ombre ; il souffre tant qu'il ignore ce qui se passe autour de lui... Que lui importe ma présence?.. D'ailleurs, vous le savez, monseigneur, j'ai à me venger, moi, de ces orgueilleux Castillans. Vous êtes brave, vous m'aimez, vous m'avez promis aide et protection. Eh bien! c'est la femme de leur suzerain et non sa veuve qu'il faut leur enlever. Puisse cette tache empreinte sur le blason de leur maître mourant, leur rejaillir à tous sur la face !

LE COMTE, hésitant.

Vous le voulez ?...

DONA ARGENTINE.

Je vous en prie!

LE COMTE.

Vous serez obéie.

(La porte du fond s'ouvre, et l'on aperçoit les docteurs, au nombre de cinq ou six, qui entrent lentement.)

DONA ARGENTINE.

On vient, taisez-vous.

LE COMTE, à voix basse.

Je vous attends au pied de la grosse tour.

DONA ARGENTINE.

J'y serai.

(Le comte baise la main de dona Argentine et sort par la porte
de droite au premier plan ; dona Argentine rentre dans ses
appartements.—Ils ont à peine quitté la salle, que les hommes d'armes, les vassaux et les varlets entrent pêle-mêle et
entourent les docteurs, derrière lesquels la porte de la
chambre mortuaire vient de se refermer.)

SCÈNE X.

VOIX DIVERSES.

Eh bien ! docteurs ?... Eh bien ! le sauverez-
vous ?... Comment est-il ?

(La chambre à coucher se rouvre et un varlet appelle.)

LE VARLET.

Messire Rodrigues.

RODRIGUES.

Qui m'appelle ?

LE VARLET.

Monseigneur vous demande.

(Rodrigues sort.)

UN DES DOCTEURS.

Oui, la science est impuissante.

VOIX DIVERSES.

Quoi ! pas de ressource !... plus d'espoir !...

UN DOCTEUR MORE.

Dieu seul est grand !

VOIX DIVERSES.

Ah! malheur !.. malheur sur nous!...

(Rodrigues reparaît. On s'empresse autour de lui.)

VOIX DIVERSES.

Vous l'avez vu?... Vous l'avez vu ?

RODRIGUES.

Oui.

LA FOULE.

Que fait-il ?

RODRIGUES.

Il est avec son confesseur.

LA FOULE.

Pourrons-nous le voir ?

RODRIGUES.

Oui... Oui...

LA FOULE.

Quand ?

RODRIGUES.

Dans un instant.

LA FOULE.

Où ?

RODRIGUES.

Ici... Où est Diego. ?

DIEGO, s'avançant.

Me voici.

RODRIGUES.

Bien... Rassemble tous les hommes d'armes, et fais-les ranger ici comme pour un jour de fête... De l'autre côté, tu feras ranger les vassaux, les membres de la députation et les varlets. Tu entends?

DIEGO.

Est-ce tout?

RODRIGUES.

Oui, et fais vîte, surtout.. Ah ! j'oubliais ; fais ouvrir la grand'porte du château, et donne l'ordre de laisser entrer tous ceux qui se présenteront.

DIEGO.

Compte sur moi.

(Diego sort et rentre un instant après escorté des hommes d'armes, qui sont armés de pied en cap. Il fait ranger les membres de la députation et les vassaux, puis il place ses hommes comme Rodrigues le lui a indiqué. — Pendant ce temps, Rodrigues s'occupe des varlets.)

RODRIGUES, aux varlets.

Vous, venez çà... Ouvrez cette fenêtre (celle qui est près de la scène) toute grande... Bien... Enlevez ce fauteuil... Portez-le là, devant cette fenêtre.

UN VARLET.

Est-ce ainsi ?

RODRIGUES.

Oui. Maintenant qu'un de vous aille prévenir le comte Jullien, monseigneur veut lui parler. Un autre portera le même message à dona Argentine... Allez vîte. (Les varlets sortent. Rodrigues regarde autour de lui.) Est-ce bien tout ?

(Au bruit confus qui régnait il n'y a qu'un instant a succédé un profond silence. On se regarde avec anxiété sans oser se parler.)

DIEGO,

qui vient de faire ranger son monde, se tourne vers Rodrigues, et lui dit à voix basse :

Que va-t-il donc se passer ?

RODRIGUES, d'un air distrait.

Quelque chose d'étrange.

DIEGO.

Est-ce un secret ?

RODRIGUES.

Tu sais que monseigneur m'a fait demander ?

3

DIEGO.

Oui.

RODRIGUES.

Je l'ai trouvé entouré de varlets. On l'habillait.

DIEGO.

Monseigneur ?

RODRIGUES.

Lui-même... Il m'a dit, en m'apercevant : Mon bon Rodrigues, puisque la volonté de Dieu est que je meure de maladie et non de blessure, comme il convient à un chevalier de mon âge, je veux du moins mourir en homme, mourir debout, entouré de tous ceux que j'aime et qui m'aiment. Je veux être vêtu de mes plus riches habits et couvert des insignes de mon pouvoir, comme dans un grand jour de fête... Tu m'as compris, n'est-ce pas ? Va tout organiser, et dépêche-toi, car je sens qu'il ne me reste que peu d'instants pour satisfaire cette dernière fantaisie... Je suis parti exécuter ses ordres.

DIEGO.

C'est étrange, en effet.

(Comme il prononce ces derniers mots, la porte de la chambre à coucher s'ouvre à deux battants.)

UN HÉRAULT, crie.

Monseigneur !

SCÈNE XI.

Don Garcia entre soutenu par deux varlets; derrière lui est un
moine, son confesseur. — Don Garcia est en grand costume.
Il est pâle et défait; sa démarche est si faible, si chancelante,
qu'on le porte plus qu'il ne marche. — Les hommes d'armes,
rangés de chaque côté, abaissent leurs lances. Les vassaux tombent à genoux. Les varlets et les docteurs, qui sont debout près
des fauteuils, inclinent la tête. — On assied don Garcia dans
son fauteuil. Le plus profond silence règne toujours dans la
salle.

DON GARCIA, regardant le ciel.

Le ciel!... Le ciel pur... et vaste comme
Dieu!... Cet air embaumé de tous les parfums
qu'il enlève aux plantes... aux plantes que son
souffle caresse... ce soleil si beau!... si brillant!...
si chaud!... Oh oui! si chaud, qu'il réchauffe
presque mon sang glacé par le froid de la mort...
Que cette nature est belle!... Voyez ces campa-
gnes si riches, si plantureuses... ces fleurs aux
vives couleurs, si frêles, si gracieuses... Ces
arbres, si puissants, qu'ils semblent porter le
ciel!... Et là-bas, là-bas... ces grands rochers,
nus, escarpés, arides, si sombres et si gran-
dioses... Ces oiseaux joyeux et libres, qui fen-
dent l'air en chantant... comme tout cela vit!...
comme tout cela est heureux!... Ah! que la vie
est bonne! mon Dieu, que la vie est bonne!...

LE MOINE, se penchant vers don Garcia.

Mon fils, tournez vos regards sur vous-même. Songez à Dieu et à l'éternité qui s'approche pour vous.

DON GARCIA.

L'éternité!... L'éternité!... Mais auparavant, la mort!... le néant!... Des vers qui rongent la dépouille et des os qui blanchissent dans la terre humide. (Il frissonne.) Oh! j'ai froid!... froid!... froid!...

(Il laisse tomber sa tête sur sa poitrine et rêve. — Un silence.)

SCÈNE XII.

Les varlets qui ont été envoyés par Rodrigues à la recherche du comte Jullien et de dona Argentine rentrent.

UN VARLET, bas à Rodrigues.

Messire, le comte Jullien est parti.

RODRIGUES.

Tu en es sûr?

LE VARLET.

Je l'ai vu partir.

RODRIGUES.

Tant mieux!... Et dona Argentine?

LE VARLET.

Elle était avec lui.

RODRIGUES.

Misérable ! tu en as menti.

LE VARLET.

Messire...

RODRIGUES.

Plus bas... plus bas... Où ? voyons. Quel chemin ont-ils pris ?

LE VARLET.

Je l'ignore ; je n'avais pas d'ordre, je ne les
ai pas suivis pour pouvoir vous prévenir de
suite.

LE MOINE et DIEGO.

Qu'y a-t-il ?

RODRIGUES.

Dona Argentine vient de s'enfuir avec le
comte.

DIEGO, tirant son épée.

Vengeance !

RODRIGUES, lui saisissant le bras.

Silence ! il râle encore.

DIEGO.

Qu'importe !

LE MOINE, à Diego.

Par votre salut éternel, ne lui rappelez pas
les choses de la terre.

DON GARCIA, sortant de sa rêverie.

Et puis... dans le cœur de ceux qui vous ont aimé, parfois vient l'indifférence..... l'oubli, même... l'oubli, c'est horrible ! Le temps, non seulement il boit toutes les larmes... il efface toutes les douleurs... mais encore il amène de jeunes amitiés et de nouvelles amours... Le mort ne vit plus nulle part, pas même dans le cœur qu'il a fait battre, pas même sur les lèvres qui lui ont dit : Je t'aime !... Où donc est dona Argentine ?...

RODRIGUES.

Monseigneur...

DON GARCIA.

Et Jullien ?

RODRIGUES.

Il est parti.

DON GARCIA.

Qu'on aille le chercher.

RODRIGUES.

Monseigneur, c'est pour la France que le comte Jullien est parti.

DON GARCIA.

Quoi ! sans me serrer la main, sans même me prévenir ?

RODRIGUES.

Il craignait sans doute que ses adieux ne vous fissent mal.

DON GARCIA.

Ah! Rodrigues, ce qui me fait mal... c'est... Serais-je oublié avant d'être mort?

LE MOINE.

Malheur à qui place ses affections sur cette terre... Tout n'y est que misère, mensonge et vanité.

DON GARCIA.

Non!... Non!... par grâce, mon père, ne dites pas cela... C'est l'enfer pour moi que cette pensée... Je suis aimé... Je serai regretté par ceux qui m'ont aimé... toujours... toujours... Et dona Argentine, où est-elle?... Pourquoi n'est-elle pas là près de moi?... Allez la chercher... tout de suite... tout de suite... Je le veux!

RODRIGUES.

Monseigneur, dona Argentine n'est pas ici.

DON GARCIA.

Où est-elle?

RODRIGUES.

Elle...

LE MOINE.

Plus de pensées mondaines, mon fils. Songez

à Dieu, votre juge suprême ; au lieu de vous lamenter, réjouissez-vous de cette absence... Celle que vous regrettez pourrait compromettre votre salut. Quittez, quittez la terre les yeux tournés vers le ciel, et vous ne regretterez rien.

DON GARCIA.

Non, je ne puis pas mourir ainsi... Mon père, cette femme, c'était toute ma vie, tout mon bonheur ; je ne puis pas mourir sans la voir une dernière fois... Entendez-vous, qu'on m'obéisse. Je suis le maître ici... Rodrigues, mon bon Rodrigues, cours vers elle pour l'amener ici, dans mes bras, sur mon cœur... Je le veux... Je le veux...

LE MOINE.

O mon fils ! vous avez oublié que celui qui met toutes ses affections sur les biens de ce monde est puni tôt ou tard de son aveuglement... Bénissez la main de Dieu qui, pour le moment, s'appesantit sur vous.

DON GARCIA.

Mon Dieu ! que voulez-vous dire ?

LE MOINE.

Celle que vous regrettez est indigne de vous.

DON GARCIA.

C'est impossible !

LE MOINE.

Elle ne vous aime plus.

DON GARCIA.

Mon père !

LE MOINE.

Elle vous a trahi.

DON GARCIA.

Mon père ! mon père !...

LE MOINE.

Elle vient de partir avec celui que vous appeliez votre ami.

Don Garcia jette un cri sauvage. Il se lève tout chancelant en regardant le moine et lui dit en joignant les mains :

Grâce !... grâce !... mon père... Dites-moi que vous me trompez.

LE MOINE.

Par les saints Évangiles ! j'ai dit la vérité.

(Don Garcia retombe épuisé sur son fauteuil. Rodrigues et Diego se penchent vers lui pour lui porter secours.)

DON GARCIA.

Rodrigues, tu m'aimes ?

RODRIGUES.

Monseigneur...

DON GARCIA.

Ce... que... je viens d'entendre... est-ce vrai?

RODRIGUES.

Monseigneur, nous vous vengerons.

DON GARCIA.

Ah! malheur sur moi!.. Je suis déshonoré et je meurs... je meurs sans pouvoir me venger.

TOUS LES VASSAUX, se levant et étendant la main

Monseigneur, nous vous vengerons!

DON GARCIA.

Vous, me venger!... Non, je ne peux pas... je ne veux pas mourir ainsi. (Il presse ses mains sur sa poitrine.) Mon âme! ô mon âme! ne me quitte pas encore... Mon Dieu, du courage! de la force! de la vie! le temps de me venger seulement. (Il se lève et veut faire quelques pas ; en le voyant chanceler, Rodrigues et Diego s'avancent vers lui. Il les repousse.) Laissez-moi... laissez-moi... Rodrigues, mon épée, donne vîte. (Il s'arrête et s'appuie sur son fauteuil.) Trahi.. déshonoré... et pas de force. (Il lève ses mains au ciel.) Messire Dieu, qui m'entendez, et vous, Vierge sainte, qui m'avez protégé tant de fois, soutenez-moi; faites que je vive ; faites que je me venge, et je ferai le pélerinage de Roc-Amadour, et je fonderai le monastère le plus riche

de toute la chrétienté. (Rodrigues lui présente son épée.)
Merci... Mon épée... ma bonne épée... Ah! je ne
suis plus digne de te porter aujourd'hui ; mais
si Dieu m'exauce, je ferai de toi un poignard.

(En disant ces mots, il brise son épée en deux sur ses genoux et
jette loin de lui la lame brisée.)

LES VASSAUX, tombant à genoux.

Miracle ! Par Saint-Jacques, miracle !

DON GARCIA, brandissant le tronçon de son épée.

Il m'exauce !... Je suis fort, voyez !

LES VASSAUX.

Miracle !... Miracle !...

DON GARCIA.

Par Saint-Jacques ! je jure désormais de ne
plus porter d'autres armes que celle-ci tant
que je ne serai pas vengé... Je jure de n'avoir
ni paix ni trève que je n'ai anéanti ceux qui
m'ont si malement offensé ; et si jamais, j'avais
le malheur d'oublier mon serment, je veux que
tous ceux de ma race me le crachent à la face.
Je veux être frappé de la lèpre ; je veux qu'on
m'arrache la langue, qu'on me crève les yeux,
qu'on me broie les membres ; je veux que mes
entrailles soient répandues, mes cendres disper-
sées, mon nom honni, méprisé, et que la colère

céleste me poursuive dans l'autre monde comme dans celui-ci, me plonge dans le séjour des épouvantements !... Quant à vous, vassaux et hommes d'armes, je vous délie de tout serment de fidélité envers moi. Je suis indigne d'être à la tête de vaillants Castillans. (Il arrache un à un ses ornements qu'il remet à Rodrigues.) Reprenez ces insignes, ces honneurs, et donnez-les à un homme plus digne que moi de les porter.

LES VASSAUX.

Monseigneur, ne nous quittez pas.

DON GARCIA.

Quoi donc !... que se passe-t-il en moi ?... Tout tourne... Où suis-je ? Est-ce la mort qui vient ?... Non, c'est impossible... Dieu m'a exaucé... je ne suis pas vengé... je ne puis... pas, je... ne... veux pas... mourir...

(Il chancelle et tombe.)

RIBEAU.

ACTE DEUXIÈME

—

LES PYRÉNÉES.

Le théâtre représente la grand'cour du château du comte Jullien.—
Château-fort moyen-àge, avec donjon, murs crénelés, escaliers
en tourelles, portes surmontées de machicoulis, etc., etc. — En
face du spectateur, au pied d'une tourelle, un petit perron ex-
haussé de quelques marches. — A droite, la porte d'entrée. — A
gauche, au premier plan, un banc de bois; au deuxième plan,
un puits, et à quelques pas plus loin, une porte basse.

SCÈNE PREMIÈRE.

Au lever du rideau, des varlets et des fauconniers terminent les
préparatifs d'une chasse.

UN FAUCONNIER.

Oui certes, un bon faucon doit chevaucher
contre le vent, mais quelque savant que soit
l'affaitage, si l'oiseau n'a pas la tête ronde, le
bec fort, les jambes courtes, les doigts bien
allongés, les ongles durs et recourbés, et surtout,
le pennage long, il n'y a rien de fait.

DEUXIÈME FAUCONNIER.

Cependant, j'ai vu chez le comte de Gex des

4

faucons-gentils de quatre mues au pennage très long qui...

LE PAGE, *les interrompant.*

Çà, le dîner de monseigneur s'achève, vos faucons sont-ils armés?

PREMIER FAUCONNIER.

On arrange les cages, dans un moment tout sera prêt.

LE PAGE.

Bien... Ah! la comtesse a changé d'idée : elle chassera aujourd'hui avec le faucon blanc d'Islande.

PREMIER FAUCONNIER.

Que ne le disiez-vous tout de suite?.. Cours dans le perchoir attacher les sonnettes et la vervelle, pendant que je vais chercher le chaperon neuf.

(Les fauconniers se séparent. Le page aperçoit Isoline qui traverse la cour; il va au devant d'elle.)

LE PAGE.

Ah! Isoline!...

SCÈNE II.

LE PAGE, *à Isoline.*

Belle enfant, où courez-vous ainsi?

ISOLINE.

À mes affaires.

LE PAGE.

Sont-elles si pressées qu'on ne puisse vous
dire un mot?

ISOLINE.

Un mot, soit.

LE PAGE.

M'aimez-vous aujourd'hui?

ISOLINE.

Pourquoi donc plus aujourd'hui qu'hier?

LE PAGE.

Parce que vous êtes plus riche d'un jour.

ISOLINE.

Je ne comprends pas.

LE PAGE.

C'est bien simple cependant. Vous m'avez dit
que vous n'aimiez personne. Je suis seul à vous
courtiser. Vous ne m'aimiez pas hier... Vous
devez m'aimer aujourd'hui... à moins que ce ne
soit pour demain.

ISOLINE.

Vous croyez?

LE PAGE.

J'en suis sûr. Est-ce qu'il ne faut pas toujours
en venir là? Allez, le plus tôt, c'est encore le
mieux.

ISOLINE, cherchant à partir.

Eh bien! bon courage; s'il vous plaît d'attendre, moi, je ne demande pas mieux.

LE PAGE.

Ah! belle railleuse! Vous vous jouez de moi;
avouez que vous aimez quelqu'un !

ISOLINE.

Voyez-vous cela!.. Je résiste à messire, donc
j'aime quelqu'un. Il ne me faut rien moins qu'un
grand amour dans le cœur pour repousser les
offres qui me sont faites par un aussi charmant
page... Ah! ah! ah!

(Elle sort en riant aux éclats.)

LE PAGE, en la suivant.

Vous raillez toujours.

ISOLINE.

Vous croyez?... Eh bien! mettez que j'aime
quelqu'un. Je ne veux pas froisser votre amour...
propre.

LE PAGE.

Mais, quel est ce rival?

ISOLINE.

Ah! ceci est votre affaire... Cherchez et vous trouverez... Au revoir, messire.

LE PAGE.

Encore un instant, de grâce.

ISOLINE, en se sauvant.

Ma maîtresse m'attend.

SCÈNE III.

LE PAGE.

Ah! démon! tu te moques de moi, mais je te surveillerai, et, si je te trouve en défaut, je me vengerai de manière..... (Entre Diego.) Que veut celui-là, avec sa face brûlée par le soleil d'Afrique? Il a plus l'air d'un infidèle que d'un chrétien. (Haut à Diego qui semble chercher quelqu'un.) Holà! l'ami, que cherchez-vous céans?

DIEGO.

Le comte Jullien ne fait-il pas une levée d'hommes d'armes?

LE PAGE.

Oui.

DIEGO.

Où dois-je m'adresser pour me faire enrôler?

4.

LE PAGE.

Au fond, près la.grosse tour ; vous demande-
rez le sergent d'armes Robert.

DIEGO.

Merci.

(Il sort.)

LE PAGE, le regardant sortir.

Il a une fière mine, ce nouveau compagnon.

SCÉNE IV.

Entre un nouveau varlet, il s'adresse au page.

LE VARLET.

Messire.

LE PAGE.

Ah ! te voilà. Eh bien ?

LE VARLET.

La dame est à nous.

LE PAGE.

Vraiment ! A-t-elle beaucoup hésité ?

LE VARLET.

Suffisamment, pour les convenances.

LE PAGE.

Cependant elle ne se doute de rien ?

LE VARLET.

Je ne le pense pas. Il me semble qu'elle n'aurait pas hésité du tout, alors.

LE PAGE.

C'est ce qui te trompe. Ces petites vilaines, ça a des scrupules plus qu'une grande dame... quand ça en a.

LE VARLET, haussant les épaules.

Ça fait pitié!

LE PAGE.

Personne ne vous a vus?

LE VARLET.

Oh! je n'en répondrais pas.

LE PAGE.

Diable!... et le mari?...

LE VARLET.

Absent.

LE PAGE.

Voilà l'essentiel... Grand merci, nous réglerons plus tard. Je vais la rejoindre tout de suite, et nous verrons cette fois si elle osera me résister.

(Il sort.)

LE VARLET.

Bonne chance.

SCÈNE V.

Pendant la conversation qui vient d'avoir lieu entre le page et le
varlet, quelques mendiants sont entrés dans la cour ; ils sont
allés se placer au fond, à gauche, près du puits, et causent
entr'eux à voix basse —Enfin, au moment de la sortie du page,
un nouveau personnage se présente : c'est don Garcia, sous
l'habit d'un mendiant ; il porte toute sa barbe, qui est longue
et inculte. Il paraît exténué de fatigue.

DON GARCIA, d'une voix faible, à un varlet.

Du pain et un gîte, au nom de Dieu ! s'il vous
plaît.

LE VARLET.

Allez vous reposer là-bas. (Il désigne le banc qui est
près de la scène.) Dans un instant, vous aurez tout
ce qu'il vous faut.

DON GARCIA.

(Il va s'asseoir sur un des bancs que le varlet lui a désignés,
mais assez loin du groupe de mendiants, qui d'abord ne le
remarque pas.)

Ah ! voilà des compagnons d'infortune. Ces
gens-là doivent connaître tout ce que j'ai besoin
de savoir sur les habitudes des hôtes de ce château... Si je les interrogeais... (Il fait un mouvement
pour se lever et retombe sur son banc.) Je n'ai pas la force
de me lever ; plus tard, nous verrons... Que
cette route est longue et les chemins mauvais !..
Ah ! si Dieu me prête vie, si je réussis, je veux

établir sur les chemins de toute la Castille des
maisons de secours pour les pauvres voyageurs.

UN MENDIANT, apercevant don Garcia.

Tiens, quel est ce nouveau visage?

(Tous les mendiants se retournent.)

UN MENDIANT.

Je ne le connais pas.

LES AUTRES.

Ni moi. — Ni moi.

UN MENDIANT.

Il faut l'interroger.

DON GARCIA.

Je n'ai même pas la force de réfléchir.

UN MENDIANT.

Qui s'en chargera?

UN AUTRE.

Moi, si vous voulez.

UN MENDIANT.

Pars vite, et reviens de même.

LE MENDIANT, à don Garcia.

Çà, l'ami, vous paraissez malade?

DON GARCIA.

Je suis épuisé de fatigue.

LE MENDIANT.

Vous venez de loin?

DON GARCIA.

De l'Espagne.

LE MENDIANT.

Ah! ah! un beau pays, dit-on?

DON GARCIA.

Oui, mais le vôtre n'est pas moins beau.

LE MENDIANT.

La vie y est bien dure.

DON GARCIA.

Dure aux pauvres gens, facile aux riches.....
N'est-ce pas partout de mên e?

LE MENDIANT.

C'est vrai. Cependant, on dit que dans votre
pays le soleil est si chaud et la terre si riche,
que le pauvre supporte gaiement sa misère.

DON GARCIA.

Allez, c'est partout un lourd fardeau que la
misère.

LE MENDIANT.

Eh bien! je m'en doutais... Où allez-vous de
ce pas?

DON GARCIA, hésitant.

Où me portent mes jambes.

LE MENDIANT.

Ah! et comme elles ne peuvent plus vous porter, vous vous arrêtez ici.

DON GARCIA.

Vous l'avez dit.

LE MENDIANT.

Tant pis!

DON GARCIA.

Pourquoi?

LE MENDIANT.

Vous êtes mal tombé : la vie est dure ici plus
que partout ailleurs.

DON GARCIA.

Ce n'est pas ce que j'ai entendu dire. Le comte
Jullien a la réputation d'un seigneur charitable.

(Les mendiants, qui étaient à l'écart, se sont peu-à-peu rappro-
chés de don Garcia, et forment un demi-cercle autour de lui.)

UN MENDIANT.

Sa fille... oui; mais lui, il ne s'occupe que
de chasse.

DON GARCIA.

Sa fille !... Il est donc marié ?

UN MENDIANT.

Mieux que cela... Il est remarié.

DON GARCIA.

Ah !... La comtesse est-elle aussi indifférente
que le comte pour les pauvres gens ?

UN MENDIANT.

Elle !... elle est bien trop fière et trop hau-
taine, pour s'occuper de nous.

DON GARCIA.

Elle ne ressemble pas à sa fille?

UN MENDIANT.

Comment ?

UN AUTRE.

Demoiselle Yolande est du premier lit.

UN AUTRE.

Il n'y a que quelques mois que le comte est
remarié.

DON GARCIA.

Çà dû être une fameuse aubaine pour les pauvres gens, que cette nouvelle union?

UN MENDANT.

Il ne s'est pas marié ici.

DON GARCIA.

Vraiment!

UN MENDIANT.

On dit qu'il s'est marié en Espagne.

UN AUTRE.

Non pas, c'est en Allemagne.

UN AUTRE.

Mais non, c'est en Angleterre.

UN AUTRE.

Bref, on ne sait pas au juste.

UN AUTRE.

Possible ; mais ce qu'il y a de sûr, c'est qu'il ne s'est pas marié dans le ciel.

DON GARCIA.

Elle est donc bien mauvaise, cette nouvelle châtelaine ?

UN MENDIANT.

Plusieurs fois, déjà, elle a voulu nous faire chasser du château ; et sans l'intervention de demoiselle Yolande, nous ne serions plus ici.

UN AUTRE.

Autrefois... ce n'était pas dans la cour, comme des chiens, c'était dans la grand'salle que nous étions reçus.

5

DON GARCIA.

Il paraît qu'il aime sa fille presqu'autant que sa jeune femme?

UN MENDIANT.

Oui, certes ; mais demoiselle Yolande est si douce, qu'elle finit toujours par céder pour éviter les querelles.

UN AUTRE.

Tiens ! la vieille Maguelone.

Tous les mendiants se lèvent en criant :

Holà ! Maguelone ! — Par ici, Maguelone ! — Bonjour, Maguelone ! — Comment, c'est toi, Maguelone?

SCÈNE VI.

MAGUELONE.

Oui, mes agneaux, c'est encore moi.

UN MENDIANT.

Comment, tu n'es pas morte ?

MAGUELONE.

On ne peut pas penser à tout.

UN MENDIANT.

Il y a un siècle qu'on ne t'a vue.

MAGUELONE.

Ah! c'est que j'arrive de loin.

UN MENDIANT.

De l'enfer, peut-être ?

MAGUELONE.

Je t'y aurais rencontré.

LE MENDIANT.

C'est bon à toi, sorcière, de traîner ta carcasse de ce côté-là.

MAGUELONE.

Toi, tu préfères le chemin de la potence ; chacun son goût, mon doux ami.

LE MENDIANT.

Si tu m'adresses encore la parole, je te secoue
jusqu'à ce que tes dents tombent, vieille épou-
seuse de boucs.

MAGUELONE.

Il ne m'en resterait qu'une, qu'elle serait à
ton service... pour te déchirer la face, cher
pilier de carcan.

LE MENDIANT, en s'avançant.

Tu dis ?

(Les autres mendiants se jettent entr'eux.)

UN MENDIANT.

Allons, voyons!.. taisez-vous tous les deux.

UN AUTRE.

Avec vos disputes, vous nous ferez chasser d'ici.

LE MENDIANT.

A qui la faute ?

MAGUELONE.

A toi... qui m'as traitée de vieille sorcière.

LE MENDIANT.

Et toi, de gibier de potence.

UN AUTRE.

Bah ! vous vous fâchez pour des riens... Tu ferais bien mieux de nous prédire nos destinées.

TOUS.

Ah oui !... Oui!... Notre horoscope.. Notre horoscope !

MAGUELONE.

Je vous ai déjà dit cent fois le sort qui vous attendait.

UN MENDIANT.

C'est égal, çà s'entend toujours avec plaisir.

MAGUELONE.

Eh bien ! tendez vos mains que j'y lise votre sort. (Elle s'adresse au mendiant qui vient de parler.) Toi, tu seras roué.

LE MENDIANT.

Ah! Belzébuth en jupon! tu m'avais dit brûlé, la dernière fois.

MAGUELONE.

Çà viendra après... Toi, tu seras pendu.

LE MENDIANT.

Çà m'est égal, pourvu que ce ne soit pas à ton cou, sorcière de malheur.

MAGUELONE.

Toi, tu mourras de la peste.

LE MENDIANT.

Si elle t'étouffe avant moi, je ne m'en plaindrais pas.

MAGUELONE.

Toi, tu seras éventré.

LE MENDIANT.

Allons donc! Ne vois-tu pas, fiancée du diable, que tu prends ta main pour la mienne.

MAGUELONE.

Toi, tu mourras de la lèpre.

LE MENDIANT.

Ce jour-là, vieille loque de chair, je t'embrasserai avec plaisir.

MAGUELONE.

Toi, tu seras battu de verges jusqu'à ce que mort s'en suive.

UN MENDIANT, à un autre.

Il me prend des envies de l'étrangler.

UN AUTRE.

Parce qu'elle t'a dit que tu serais roué?

LE MENDIANT.

Certainement.

DEUXIÈME MENDIANT.

Est-ce qu'il ne faut pas toujours finir par quelque chose?

UN AUTRE.

C'est vrai.

MAGUELONE.

Personne ne se présente?

UN MENDIANT.

Si... si... moi... Mais fais attention, Maguelone ; si tu n'es pas plus polie avec moi qu'avec les autres, je t'applique sur la face les cinq doigts que voici.

MAGUELONE,
après avoir regardé un instant dans la main du mendiant.

Tu as les mains trop sales.

(Tous les mendiants rient.)

UN MENDIANT.

Bon ; et moi ?

MAGUELONE.

Toi, tu mourras de faim.

LE MENDIANT.

Bah ! ça m'arrive tous les jours.

MAGUELONE

Toi, tu mourras sous un tonneau... ivre mort.

LE MENDIANT, en faisant un bond de joie.

Ivre mort !

UN AUTRE.

Y a-t-il des gens qui sont heureux !... Qu'est-ce que tu as pu faire, pour mériter cette faveur ?

LE MENDIANT.

Je ne passe jamais devant une église sans me découvrir.

LES AUTRES.

Moi aussi. — Moi aussi. — Tout le monde.

LE MENDIANT.

Ah!.. L'an dernier, après la chute du clocher de St-Jean-Baptiste, c'est moi qui ai retrouvé l'endroit où la grand'cloche s'était engloutie.

UN AUTRE.

Eh bien ?

LE MENDIANT.

Je me suis empressé de faire part de ma découverte au curé de l'endroit, au lieu de la garder pour moi.

UN AUTRE.

Beau mérite! Il a fallu plus de vingt hommes pour la tirer de l'endroit où elle était.

LE MENDIANT, modestement.

Alors, c'est du bonheur.

MAGUELONE, apercevant don Garcia.

Et toi, ta main?

DON GARCIA, hésitant.

Moi!

UN MENDIANT.

Ah! çà, pour lui, tu vas j'espère inventer quelque chose de neuf. C'est un nouveau.

DON GARCIA, donnant la main.

Tiens.

MAGUELONE.

Que vois-je? Qui donc es-tu, toi, pour avoir de telles mains?

DON GARCIA.

Si tu sais lire, lis... sinon, passe ton chemin.

MAGUELONE.

Si... Attends... attends... Toi, tu seras riche !... riche !... riche !...

LES MENDIANTS.

Lui, riche !

MAGUELONE.

Tu seras grand !

LES MENDIANTS.

Grand !

MAGUELONE.

Et tes descendants encore plus grands que
toi... Ils seront... ils seront.. rois !...

LES MENDIANTS.

Rois !

DON GARCIA, se levant.

Rois ! (Il se rassied.) Allons, sorcière, tu es folle.

MAGUELONE.

Ce n'est pas tout ; attends encore... Il est
écrit aussi que tu mourras prisonnier et couvert de blessures.

UN MENDIANT.

Tu vois ; çà ne l'empêche pas de finir comme
nous.

DON GARCIA, d'un air railleur.

Par mon saint patron ! sorcière, voilà une belle et brillante destinée ! Que ceux qui ne veulent pas croire, aillent voir, n'est-ce pas?

MAGUELONE.

Tu verras... tu verras...

DON GARCIA, pensif.

Riche !... grand !... roi !....Je mourrai donc vengé?

LES MENDIANTS.

Riche !... grand !... roi !... et il mendie.

UN AUTRE.

Il nous vole notre part d'aumône.

UN AUTRE.

C'est vrai... C'est une honte de faire ainsi tort aux pauvres gens!

UN AUTRE.

C'est un vol!

UN AUTRE.

Il ne faut pas nous laisser dépouiller ainsi... Chassons-le!... chassons-le!

UN AUTRE.

Camarades, il faut faire mentir la sorcière.

UN AUTRE.

Et le pouvoir?

LE MENDIANT.

Jetons le futur roi dans le puits que voici ; ce sera un baptême digne de cette majesté en haillons.

LES MENDIANTS, battant des mains.

Oui... Oui...

UN MENDIANT.

Et puis, comme la bohémienne aura menti pour lui, il en sera peut-être de même pour nous. Nous ne serons ni brûlés, ni pendus, ni roués.

TOUS LES MENDIANTS.

Bravo !... bravo !...

UN VARLET,

qui traverse la cour à ce moment, se retourne aux cris que poussent les mendiants, et leur dit :

Çà, aurez-vous bientôt fini de hurler?

UN MENDIANT.

Messire, nous voulons nous défaire d'un faux frère qui est parmi nous. Il est riche et il mendie.

LE VARLET.

Tuez-vous, si cela vous amuse, je ne demande pas mieux ; mais faites les choses convenablement; sinon, je vous fouaille comme des chiens que vous êtes.

LE MENDIANT.

Messire, nous nous tairons.

(Le varlet sort.)

UN MENDIANT.

Nous ne pouvons pas nous débarrasser de cet homme, ici, cela ferait mauvais effet ; contentons-nous de le chasser.

UN AUTRE.

C'est cela, nous verrons après.

(Ils se retournent vers don Garcia, qui pendant toute cette scène est resté à la même place. Il rêve. — A l'autre extrémité du banc, la bohémienne est assise ; elle trace des signes caballistiques sur le sable avec son bâton, et murmure des mots inintelligibles.)

UN MENDIANT, à don Garcia.

Camarade.

UN AUTRE.

Ne le traite pas ainsi, il n'est pas des nôtres.

LE MENDIANT.

C'est vrai. (A don Garcia.) Allons, l'homme, il faut partir de céans, sous peine de s'attirer une mauvaise affaire. (Don Garcia ne répond pas.) Vous m'entendez ?. (Il le secoue.)

DON GARCIA, le repoussant.

Allons ! qu'on me laisse.

LE MENDIANT.

Voyez-vous, çà prend des airs de grand seigneur !

UN AUTRE, en prenant don Garcia par les épaules.

Hors d'ici, monseigneur... hors d'ici de bonne
volonté, si vous tenez que votre âme reste dans
votre peau.

DON GARCIA, se débattant.

Misérables !

(Ils se jettent plusieurs sur don Garcia, qui lutte en désespéré.)

UN MENDIANT.

Du silence, vous autres.

DON GARCIA.

Ah ! si je n'étais épuisé de fatigue... je vous
ferais payer cher... votre lâcheté. (En disant ces mots
il tombe épuisé sur le petit perron qui est au milieu de la cour.)
Saint-Jacques ! à moi...

(Il s'évanouit.)

UN MENDIANT.

C'est riche! et çà implore les saints!

UN AUTRE.

Enlevons-le vîte, et jetons-le dehors.

6

(Au moment où ils se baissent pour prendre don Garcia, Yolande et Isoline paraissent au haut du perron. Les mendiants
en les apercevant reculent effrayés, et laissent don Garcia
couché tout de son long sur les marches de l'escalier. Il est
évanoui, et légèrement blessé à la main.)

SCÈNE VII.

UN MENDIANT, à mi-voix.

Allons, la bohémienne avait raison.

YOLANDE, apercevant don Garcia.

Oh ! mon Dieu ! est-ce que cet homme est
mort ?

ISOLINE, se penchant vers don Garcia.

Il n'est qu'évanoui.

YOLANDE, aux mendiants.

Encore des querelles. Je vous avais cependant priés de ne pas faire de bruit. Mon père
ne voudra plus que je vous reçoive, si vous
continuez.

UN MENDIANT.

Nous ne nous sommes pas querellés.

ISOLINE.

Bon ! et celui-ci, c'est en vous amusant, que
vous l'avez mis dans cet état ?

UN MENDIANT.

Il n'a que ce qu'il mérite. Il est riche et il vient nous voler notre pain.

ISOLINE, en riant.

Riche?

LES MENDIANTS.

Oui, riche.

YOLANDE.

Elle est penchée vers don Garcia pour lui enlever sa cravate.

Pauvre homme ! on ne s'en douterait guère.

UN MENDIANT.

La bohémienne l'a dit, cependant.

UN AUTRE.

Il sera riche !... grand !... roi !...

ISOLINE.

Ils sont fous !

UN MENDIANT.

Regardez ces mains, plutôt.

ISOLINE, en se penchant vers don Garcia.

Oh ! madame, voyez donc les belles mains!

YOLANDE.

Oui.. c'est étrange.. Il ne revient pas à lui. Va vite dans ma chambre me chercher ma cassette.

(La suivante sort.)

SCÈNE VIII.

YOLANDE, aux mendiants.

Transportez-moi cet homme avec soin... là, sur ce banc.

(Deux mendiants se présentent; ils prennent don Garcia dans leurs bras et le transportent sur un banc que Yolande fait placer près du mur, à gauche.— Yolande les surveille. Pendant ce temps, Isoline reparaît, tenant une cassette qu'elle pose près de don Garcia.)

SCÈNE IX.

YOLANDE.

Merci... Fais servir le goûter pendant que je m'occuperai de ce malheureux.

(Elle tire de sa boîte différentes petites fioles qu'elle fait respirer à don Garcia. Pendant ce temps, la suivante, aidée de deux varlets, fait dresser une table près du puits. Les mendiants se placent autour de cette table improvisée et mangent silencieusement dans des sébilles de bois que les varlets leur apportent)

ISOLINE, rejoignant Yolande.

Eh bien, madame?

YOLANDE.

Il est bien faible.

ISOLINE.

Voyez donc, madame, comme il est beau et

propre! Cet homme n'a de laid que ses haillons.

YOLANDE.

Enfin, il ouvre les yeux.

DON GARCIA, reprenant ses sens.

Où suis-je? (Il tourne la tête du côté des mendiants.) Ah!

YOLANDE.

Vous souffrez?

DON GARCIA.

Oui.

YOLANDE.

Qu'avez-vous?

DON GARCIA.

Je meurs de faim.

ISOLINE.

Pauvre homme!

YOLANDE, à Isoline

Cours prendre quelque chose de léger et un verre d'hydromel. (A don Garcia.) Y a-t-il long-temps que vous n'avez mangé?

DON GARCIA.

Trois jours, au moins.

YOLANDE, joignant les mains.

Sainte Vierge! que vous devez souffrir!

6.

(Isoline revient avec une sébille et un gobelet d'étain; elle remet
le tout à Yolande.)

YOLANDE, donnant la sébille à don Garcia.)

Tenez, buvez... mais doucement.

DON GARCIA.

Oui... oui... donnez...

(Il prend et boit avec avidité. Pendant ce temps, Isoline verse
de l'hydromel dans un gobelet d'étain.)

ISOLINE.

Comme il boit avec avidité!

YOLANDE.

Il n'a rien pris depuis trois jours.

ISOLINE.

Trois jours!

DON GARCIA, tendant la sébille.

Encore.

ISOLINE.

Bon! il veut ratrapper le temps perdu.

YOLANDE, lui donnant le gobelet.

Non, cela vous ferait mal. Prenez cet hydromel, et, pour le moment, c'est plus que suffisant.

DON GARCIA, après avoir bu.

Ah! qui que vous soyez, merci... Je suis
sauvé.

ISOLINE.

Il était temps, je crois?

YOLANDE.

Vous ne souffrez plus?

DON GARCIA.

Il me semble que non.

YOLANDE.

Vous tremblez, cependant?

DON GARCIA.

Ce n'est rien.

YOLANDE.

J'oubliais, vous êtes blessé !

DON GARCIA.

Légèrement.

YOLANDE.

Le sang coule... Tenez, mettez ceci...

(Elle lui donne son mouchoir pour envelopper sa main.)

DON GARCIA.

Merci.

(Il cherche à envelopper sa main sans y parvenir.)

YOLANDE.

Ce n'est pas ainsi. Donnez, je vous l'arrangerai.

(Elle arrange le linge autour de la plaie.)

DON GARCIA.

Encore une fois, merci... et maintenant que

je suis presque remis, me permettrez-vous de
me reposer quelques heures sur ce banc? Je
tombe de fatigue et de sommeil.

YOLANDE.

Certes, oui, vous êtes libre.

(Elle s'éloigne avec Isoline, celle-ci se retourne.)

ISOLINE, bas à Yolande.

Voyez donc comme il a bonne mine.

YOLANDE.

Sais-tu d'où il vient?

ISOLINE.

Je l'ignore... que ne le lui demandez-vous?

YOLANDE.

Je n'ose.

ISOLINE.

Après tout, ce n'est qu'un mendiant.

YOLANDE.

Qui sait?

ISOLINE.

Offrez-lui de rester ici quelques jours, le temps
de se remettre... et demandez-lui ce qu'il fait,
où il va, d'où il vient.

YOLANDE.

Tu as raison.

ISOLINE.

D'ailleurs, il doit avoir à peine la force de se traîner.

YOLANDE.

Oui, mais où le mettre? Mon père ne veut plus que les mendiants passent la nuit au château.

ISOLINE.

Pour une nuit... Au besoin, on pourrait le cacher dans votre oratoire.

YOLANDE.

Et la défense de mon père?

ISOLINE.

Ce n'est pas votre père, c'est la comtesse qui le veut ainsi... Enfin, il faut le laisser partir, tant pis s'il meurt de froid ou de fatigue en route!

YOLANDE.

Nous verrons. J'aviserai... Je parlerai à mon père.

ISOLINE.

Commencez toujours par l'interroger.

YOLANDE.

Il dort.

ISOLINE.

Non , il n'est qu'assoupi... (Elle s'avance et touche don Garcia.) Eh bien ! allez-vous mieux?

DON GARCIA.

Oui, merci... Dans quelques heures, je serai complètement remis.

YOLANDE, qui s'est approchée.

Ce n'est guère probable. Vous êtes faible et souffrant. Il fait froid encore, et les chemins sont mauvais. Restez au moins une nuit dans ce château, ce sera plus prudent... Voulez-vous?..

DON GARCIA.

Passer la nuit ici?

YOLANDE.

Oui.

DON GARCIA.

N'êtes-vous pas la fille du comte Jullien?

YOLANDE.

Oui. Vous connaissez mon père, peut-être?.

DON GARCIA.

Votre père !... Non, non...

YOLANDE.

C'est égal, acceptez, vous serez bien soigné.

DON GARCIA, bas.

Non, pas ainsi, ce serait infâme.

YOLANDE.

Vous ne répondez pas?

DON GARCIA.

Ce que vous m'offrez est impossible.

YOLANDE.

Pourquoi?

DON GARCIA.

Parce que... Ne m'interrogez pas, je ne puis vous en dire davantage.

YOLANDE.

Est-ce un secret, mon hôte?

DON GARCIA.

Oui.

YOLANDE.

Ainsi, vous refusez?... Je ne puis rien pour vous?

DON GARCIA.

Rien.

(Yolande fait un pas pour sortir.)

ISOLINE, bas à Yolande.

Insistez encore.

YOLANDE, revenant.

Laissez-moi insister... Vous vous trompez sur
le but de l'offre que je vous fais ; vous croyez
peut-être qu'un sentiment de curiosité frivole me
pousse... Eh bien ! il n'en est rien, je vous le
jure !... J'ai de la sympathie pour vous, et quoique j'ignore qui vous êtes, d'où vous venez, où
vous allez, j'éprouverais un bonheur immense à
vous sauver du danger qui vous menace.

DON GARCIA, lui baisant la main.

Si vous saviez qui je suis !

YOLANDE.

Qu'importe. Malade, je vous soignerai ; malheureux, je vous soutiendrai... Proscrit, je vous
cacherai.

DON GARCIA.

Et ennemi ?

YOLANDE, avec étonnement.

Ennemi !... J'oublierai qui vous êtes, ou je
pardonnerai.

DON GARCIA, hésitant.

Vous êtes sûre de votre suivante ?

ISOLINE.

Eh bien ! il est honnête.

YOLANDE.

Comme de moi-même.

DON GARCIA.

Vous avez dit vrai. Je suis chassé de mon
pays.

YOLANDE.

Parlez plus bas.

DON GARCIA.

Je suis poursuivi et traqué, comme une bête
fauve, dans celui-ci.

ISOLINE.

Parce que?

DON GARCIA.

J'étais un des lieutenants du grand El-Mansour!

YOLANDE.

Grand Dieu!

ISOLINE.

Un Maure!

DON GARCIA.

Vous voyez bien maintenant qu'il ne peut rien
y avoir entre nous.

YOLANDE.

Vous vous trompez. Riche et puissant, il en
serait ainsi, mais proscrit et malheureux, je

7

vous l'ai dit, j'oublierai qui vous êtes. (On entend
sonner le boute-selle.) Dieu! la chasse. . Attendez-
moi ici... (Elle entraîne Isoline.) Ecoute-moi. Mon
père va descendre, il ne faut pas qu'il me trouve
ici... Je ne veux pas que cet homme parte
maintenant, ce serait sa mort... Tu me l'amè-
neras quand tout le monde sera parti. Tu entends?

ISOLINE.

Mais, madame, c'est un Infidèle.

YOLANDE.

Notre Seigneur a-t-il blâmé le bon Samaritain?

(Elles sortent.)

SCÈNE X.

Un peu avant que l'on sonne le boute-selle, des varlets ont enlevé
la table des mendiants, et ces derniers se sont mélangés avec la
foule de varlets, de fauconniers, de gens d'armes et de vassaux
qui forment la haie devant la porte où doivent paraître le comte
et la comtesse.—Près le perron, deux varlets tiennent deux che-
vaux magnifiquement caparaçonnés. A côté d'eux, on remarque
les fauconniers avec leurs faucons et leurs cages (brancards).
—Don Garcia seul est resté sur son banc, il dort.— Au moment
où le comte et doña Argentine paraissent en grand costume de
chasse, les vassaux et les mendiants crient.

VOIX CONFUSES.

Noël! Noël! Vive Monseigneur! — Longue
vie à monseigneur et à la châtelaine !

(Le comte leur jette quelques poignées de monnaie.)

LE COMTE, à dona Argentine.

Voyez donc comme le ciel est beau!

DONA ARGENTINE.

La chasse sera splendide!

LE COMTE.

Est-ce l'effet de cette nature qui renaît, ou du bonheur que je goûte près de vous? il me vient des bouffées de bien-être qui me font frisonner d'aise.

DONA ARGENTINE, à mi-voix.

Monseigneur, on nous entend... Merci.

LE COMTE.

Venez... (Un juif se présente dans l'espace réservé.) Que veux-tu, juif?

LE JUIF.

Votre seigneurie n'a-t-elle rien pour moi?

LE COMTE.

Oh! pas d'affaires maintenant. Après la chasse, nous verrons.

(Il lui fait signe de se retirer. Le juif s'incline et rentre dans la foule. A ce moment, un paysan se présente devant le comte. Il a la figure bouleversée, ses vêtements sont en désordre.

SCÈNE XI.

LE PAYSAN, en tombant à genoux.

Justice! monseigneur, justice!

DONA ARGENTINE.

Quel ennui !

LE COMTE.

De qui te plains-tu ? Parle vîte !

LE PAYSAN.

De vos gens, monseigneur.

LE COMTE.

De mes gens ! (Il regarde autour de lui.) Que t'ont-ils fait ?

LE PAYSAN.

Une chose horrible , monseigneur. Ils m'ont enlevé ma femme.

LE COMTE.

Ta femme !

LE PAYSAN.

Oui, monseigneur, pendant que j'étais absent.

LE COMTE.

C'est impossible !

LE PAYSAN.

Monseigneur, cela est, je le jure.

LE COMTE, à ses gens.

Répondez, vous autres... Quelqu'un a-t-il connaissance de ce fait ?

VOIX DIVERSES.

Non, monseigneur.

LE COMTE.

Tu l'entends.

LE PAYSAN.

Ceux que j'accuse ne sont pas ici.

LE COMTE.

Nomme-les donc?

LE PAYSAN.

C'est votre page, que j'accuse.

LE COMTE.

Mon page !

UN VARLET.

Le voici qui vient, monseigneur.

(Le page entre.)

SCÈNE XII.

LE COMTE, au page.

Arrive ici. Connais-tu cet homme ?

LE PAGE.

Oui, monseigneur.

LE COMTE.

Il t'accuse de lui avoir enlevé sa femme?

7*

LE PAGE.

C'est une plaisanterie, monseigneur.

LE COMTE.

Qu'est-ce à dire, drôle?

LE PAGE.

Il n'y a pas eu d'enlèvement.

LE PAYSAN.

Tu mens !

LE COMTE.

Voyons, ne parlez pas ensemble... Commence, toi, puisque tu demandes justice.

LE PAYSAN.

Il voudrait faire croire que ma femme l'a suivi volontairement, mais c'est une nouvelle infamie. Il ment, monseigneur, il ment comme un lâche qu'il est ; car il faut être lâche et sans cœur, pour voler la femme du prochain plus en-encore que pour lui prendre son or. N'est-ce pas, monseigneur? Eh bien! il l'a fait... La preuve... Ma femme m'aime ; je le sais, moi... elle me l'a dit maintes fois... elle me l'a juré de-vant Dieu, et c'est une bonne créature, qui con-naît et respecte ses devoirs d'épouse, aussi vrai qu'elle aime et craint Dieu. (S'adressant à la comtesse.)

D'ailleurs, n'est-ce pas, madame qu'il est impossible qu'une femme consente à une telle vi-
lenie? Pour se prostituer ainsi à la face de
tous, il faut fouler aux pieds tant de choses
saintes et sacrées, amasser tant de honte sur sa
tête, que la plus méchante, la plus effrontée
d'entre toutes les femmes, n'oserait plus regarder en face le dernier des chrétiens!

(A mesure que le paysan parle, dona Argentine pâlit.)

DONA ARGENTINE, au comte.

Faites taire cet homme, monseigneur, faites-
le taire.

LE PAYSAN.

C'était hier, je sortais...

LE COMTE.

Tais-toi.

LE PAYSAN.

Justice! monseigneur! justice!

LE COMTE, impatienté.

C'est bien, laisse nous... plus tard nous verrons. (A dona Argentine.) Vous souffrez? Il faut vous
reposer un moment.

(On apporte un siége à la comtesse ; elle s'assied et cache
sa figure dans ses mains.)

DONA ARGENTINE, à voix basse.

Quelle honte!

LE COMTE, de même.

N'en ai-je pas pris la moitié pour moi?... Du courage, madame... Ne vous affligez pas des sots discours d'un manant qui ne sait ce qu'il dit... Quant aux insultes, s'il vous en arrivait jamais, ne suis-je pas là pour les relever?

DONA ARGENTINE.

Merci, monseigneur... Ah! cet homme m'a fait mal!

LE COMTE.

Remettez-vous... (A sa suite.) Allons, de l'air... éloignez-vous.

(On s'écarte respectueusement. Le comte considère la comtesse qui se remet peu à peu de son émotion.—Pendant ce temps, un varlet qui vient de faire reculer la foule, en s'approchant du mur, aperçoit don Garcia qui dort sur un banc. Il le secoue rudement.)

LE VARLET.

Que fais-tu là, manant?

DON GARCIA, se réveillant.

Je me reposais.

LE VARLET.

Est-ce une place convenable?.. Ne vois-tu pas que monseigneur est là?

DON GARCIA.

Monseigneur !

LE VARLET.

Allons, debout.

(Don Garcia se lève. Il s'arrête haletant en apercevant le comte et la comtesse qui ne sont qu'à quelques pas de lui.)

DON GARCIA.

Lui !... Elle !...

LE COMTE, à dona Argentine, en lui pressant la main.

Êtes-vous remise ?...

DONA ARGENTINE.

Un peu.

LE COMTE.

A la bonne heure ! le grand air fera le reste. Venez... (A sa suite.) La haquenée de la comtesse.

(On amène la haquenée de la comtesse. Le comte prend dona Argentine dans ses bras pour la mettre sur la selle. — Elle laisse aller languissamment sa tête sur l'épaule du comte et lui sourit... Le comte lui baise la main et s'élance sur son cheval. Don Garcia, qui ne les quitte pas des yeux, jette un cri de rage et écarte la foule pour se jeter sur le comte Jullien ; mais il est retenu par les hommes de l'escorte, qui le repoussent contre le mur.)

LE COMTE, à cheval.

Que veut cet homme ?

UN VARLET.

Monseigneur, c'est un mendiant.

DONA ARGENTINE.

Partons, Monseigneur.

LE COMTE, faisant un geste.

Oui ; sonnez.

(Au bruit des fanfares, tout le cortège disparaît.)

SCÈNE XIII.

DON GARCIA, seul.

Oh! les infâmes !... leur figure n'a même pas
l'empreinte du remords qui doit ronger leur
cœur !... Ils rient !... Ils sont heureux !... Ils
s'aiment !... Mais ils ne songent donc pas qu'entre elle et lui peut se dresser l'ombre de celui
qu'ils ont trahi?.. Non, elle lui souriait... comme
à moi, autrefois ; et lorsqu'il l'a prise dans ses
bras, sa tête s'est amoureusement penchée sur
son épaule. Ah! c'est honteux !... c'est horrible !... Je...

(Il va pour sortir.)

SCÈNE XIV.

ISOLINE, touchant don Garcia à l'épaule.

· Eh bien, vous partez ?

DON GARCIA.

Ne m'a-t-on pas chassé ?

ISOLINE.

Vous ne vous rappelez pas que ma maîtresse vous a offert l'hospitalité pour cette nuit ?

DON GARCIA.

Votre maîtresse ?

ISOLINE.

Vous m'épouvantez... Pourquoi me regarder ainsi ?... qu'avez-vous ?

DON GARCIA.

Rien... je souffre.

ISOLINE.

Elle aura soin de vous... venez.

DON GARCIA.

Non !... Non !

ISOLINE.

Vous craignez donc qu'elle vous trahisse ?

DON GARCIA.

Je crains... (A part.) Qu'importe, pourvu que je me venge. (Haut.) Eh bien, oui ! venez.

ISOLINE.

Ah ! c'est heureux !...

(Au moment où elle quitte la cour avec don Garcia, le page entre.)

LE PAGE, d'un air contrit.

Grâce à cet imbécile, me voilà en pleine dé-

confiture. (Il aperçoit Isoline et don Garcia) Tiens. .
Isoline !... Que fait-elle avec ce mendiant?...
Comment ! elle l'introduit dans les appartements
du château, malgré la défense... Si ce mendiant
était un amant déguisé?.. Ah ! ma mie, j'en aurai
le cœur net.

(Il les suit.)

RIDEAU.

ACTE TROISIÈME.

———

Une chambre à coucher moyen-âge.—Au fond de la scène, faisant
face au spectateur, un grand lit, à colonnes torses, surmonté
d'un lambrequin de lampas.—De chaque côté du lit, des portes :
celle de droite donnant dans les appartements du comte, celle
de gauche dans la chambre des femmes de service. — Du côté
gauche de la scène, une vaste cheminée : d'un côté, un bahut;
de l'autre, au premier plan, une porte donnant sur le couloir
qui conduit à l'oratoire. — Du côté droit, faisant face à la cheminée, deux hautes fenêtres à petites vitres, donnant sur une
terrasse. — Dans l'entre-deux des fenêtres, un riche dressoir.
— Au milieu de la chambre, une petite table. — Il est onze
heures du soir.

———

SCÈNE PREMIÈRE.

ISOLINE, est seule, elle range.

On dit, moi je n'en sais rien, Dieu merci!...
que parfois l'amour vient au cœur d'une fille
comme un coup de foudre!... Une rencontre...
une parole, un regard, et l'éclair brille, le ton-
nerre gronde... tout est dit. Ce doit être une terrible chose, que ces amours-là ! une punition
du ciel, c'est sûr; car enfin, on ne peut pas
choisir celui qu'on doit aimer pardessus tout;
et si c'est un méchant homme, il peut vous en-

8

traîner jusqu'en enfer avec lui... Bien mieux,
il n'y a pas de raison pour qu'une grande dame
ne soit aimée d'un vilain! Je vous demande ce
qui arrive, alors?... Ou bien, qu'un grand seigneur, le roi, même, ne chérisse une fille de
rien... si elle est gentille... Qu'elle perturbation
dans l'existence!... Mais aussi qu'elle sensation
au cœur!... Ah! c'est égal, ce doit être bien
gentil d'être foudroyée!...

(Yolande entre.)

SCÈNE II.

ISOLINE.

Vous voilà déjà, madame?

YOLANDE.

Oui; je viens te relever.

ISOLINE.

Mais, monseigneur?

YOLANDE.

J'ai dit que j'étais indisposée... Je ne pouvais
tenir en place. Il me semblait que chacun devait
lire sur ma figure que je cachais un Infidèle... et
je tremblais qu'en mon absence on ne vînt l'ar-
racher d'ici.

ISOLINE.

N'étais-je pas là pour veiller sur lui?

YOLANDE.

Que fait-il?

ISOLINE.

Ma foi, je l'ignore... Je l'ai conduit, comme vous me l'avez ordonné, dans votre oratoire, en lui recommandant de ne pas faire de bruit; et pour plus de précaution, je suis restée ici... Il a l'air bien farouche.

YOLANDE.

Il est si malheureux !

ISOLINE.

Parfois, son regard me fait trembler.

YOLANDE.

Eh bien, moi, c'est tout le contraire; il m'inspire une telle confiance, que je reposerais sous sa garde aussi paisiblement que sous celle de mon père.

ISOLINE.

Il ne faut pas s'y fier.

YOLANDE.

Pourquoi?

ISOLINE.

C'est un Infidèle.

YOLANDE.

Il est de noble race.

ISOLINE.

C'est lui qui le dit.

YOLANDE.

Cela se voit bien... il est si beau, et il a un si doux parler !

ISOLINE.

Oui, mais c'est un Infidèle.

YOLANDE.

Il est si malheureux !

ISOLINE.

Tout ce que vous voudrez ; mais... c'est un Infidèle.

YOLANDE.

Il peut se convertir.

ISOLINE.

Ne l'espérez pas. On dit que ces gens-là tiennent plus à leur religion que nous à la nôtre, et que tous meurent dans l'impénitence finale.

YOLANDE.

Quand il en serait ainsi, cela ne prouverait rien encore. Puisqu'il y a des Infidèles aussi

beaux que des Chrétiens, pourquoi ne s'en trou-
verait-il pas d'aussi bons?.. Où est l'impossible?

ISOLINE.

Il a l'air si farouche, si sombre !

YOLANDE.

Vraiment, je ne te comprends pas. On dirait
que tu prends plaisir à me faire de la peine?

ISOLINE.

Pouvez-vous le penser ?

YOLANDE.

Non, mais écoute ; j'ai vu cet homme mieux
que toi. Eh bien, chaque fois que mes yeux ont
rencontré les siens, je lui ai trouvé le regard
fier, comme il convient à un homme de race,
mais toujours triste et doux... doux comme celui
d'une femme.

ISOLINE.

Je n'insiste pas, puisque je vous chagrine ;
mais je vous le dis, je garde pour moi mes pré-
ventions.

YOLANDE.

Décidément, tu es mal disposée aujourd'hui.

ISOLINE.

Je vois tout en noir.

8.

YOLANDE.

Et moi tout en rose... Mets sur ma table tout
ce qu'il faut pour travailler.

ISOLINE.

Vous ne vous coucherez pas?

YOLANDE.

Non ; je terminerai les enluminures de mon
livre d'heures. Il ne me reste que quelques jours,
et je tiens à le donner à mon père complètement
terminé.

(Isoline arrange la petite table, sur laquelle elle pose une lampe,
une boîte à couleurs et un livre d'heures. La table est posée
sur le devant de la scène.)

ISOLINE.

Vous disiez tantôt que vous étiez bien fatiguée?

YOLANDE.

Que veux-tu ; je le serai un peu plus, voilà
tout.

ISOLINE.

Vous vous donnez bien du mal pour une chose
dont on vous saura peu de gré, je suis sûre.

YOLANDE, en travaillant.

Y penses-tu?... Depuis quand mon père est-il
indifférent aux attentions que j'ai pour lui?

ISOLINE.

Depuis que... Je suis sûre, moi, que ce beau missel, pour lequel vous vous donnez tant de mal, à peine dans les mains de votre père, ira dans celles de la comtesse?

YOLANDE.

Où est le mal?... Ma peine sera doublement payée, puisque j'aurai fait plaisir à deux personnes.

ISOLINE.

Certes, si toutes deux vous aimaient comme vous le méritez, je vous comprendrais... mais il en est une...

YOLANDE.

Tais-toi.

ISOLINE.

Qui vous fera, soyez en sûre, tout le mal qu'elle pourra.

YOLANDE.

Tu oublies que tu parles de la femme de mon père.

ISOLINE.

Je n'oublie...

YOLANDE.

Tais-toi, je t'en prie, tu me fais de la peine.

ISOLINE.

Je me tairai, puisqu'il en est ainsi. (Après avoir fait quelques pas.) Comment vous arrangerez-vous pour cette nuit?

YOLANDE.

Comme d'habitude.

ISOLINE.

Mais, l'Infidèle?

YOLANDE.

Il est dans mon oratoire.

ISOLINE.

Justement, la porte de votre oratoire et celle du grand couloir ne ferment pas, vous le savez?

YOLANDE.

Tu l'as fait passer par ici pour le conduire à mon oratoire?

ISOLINE.

Certainement.

YOLANDE.

Alors, il sait que c'est ma chambre?

ISOLINE.

Je le lui ai dit.

YOLANDE.

Tu vois bien qu'il ne peut y avoir de danger. Fermée ou non, cette porte sera sacrée pour lui.

ISOLINE.

Mais au contraire ; raison de plus pour qu'il y ait du danger.

YOLANDE.

Voilà tes folles erreurs qui te reprennent. Vraiment, tu es insupportable aujourd'hui !

ISOLINE.

Réfléchissez que cet homme est étranger, et que vous ne savez même pas d'où il vient.

YOLANDE.

Il est mon hôte, cela me suffit... D'ailleurs, ne m'a-t-il pas conté toute son histoire ?

ISOLINE.

Il a pu vous tromper, c'est un Infidèle.

YOLANDE.

Il est malheureux, et je veux tenter de le sauver : voilà tout ce que je sais, voilà tout ce que je veux.

ISOLINE.

Enfin, puisque vous le voulez... Dieu vous ait en sa sainte garde.

YOLANDE.

Toi de même.

ISOLINE.

Elle fait quelques pas pour sortir, puis elle revient vers Yolande.

Si vous vouliez?...

YOLANDE.

Comment, tu es encore ici?

ISOLINE.

Je resterais près de vous.

YOLANDE.

Non; va te reposer... Je ne me coucherai pro-
bablement pas.

ISOLINE, à part.

Ni moi, ce sera plus prudent.

(Elle sort.)

SCÈNE III.

YOLANDE seule; elle travaille.

Pauvre fille... comme elle m'aime... comme
elle a peur pour moi... Peur, et pourquoi?...
Est-il possible qu'un méchant homme soit si
beau? et, surtout, ait un regard loyal et franc
comme le sien?... Vraiment, elle est folle!...
Quel dommage que ce soit un Infidèle!... Elle
a tort; on en a vus qui se convertissaient... Je
prierai Dieu pour lui... J'ajouterai à ma prière

deux *Ave* tous les soirs... Qui sait?... peut-être réussirai-je?... Dieu est si bon !... et notre religion si belle !... C'est étrange, comme je suis fatiguée. (Elle pose ses pinceaux.)Je dormirais bien... Non; il faut que je termine ces enluminures cette nuit... (Elle se remet au travail.) Ce sera une occasion pour obtenir quelque chose pour mon protégé... Je suis sûre que lorsque mon père l'aura vu, il approuvera tout ce que j'aurai fait... Il s'intéressera à lui... il est si malheureux !... et il porte si noblement son malheur, qu'il est impossible de ne pas l'aimer... Décidément, mes yeux se troublent et mes paupières s'alourdissent... Il faut renoncer un instant au travail... (Elle pose ses pinceaux et se renverse sur sa chaise, la tête penchée sur le côté.) Qu'elle destinée !... Être chassé de son pays par les siens... abandonné même par ceux qui vous aiment, et traqué comme une bête fauve, là où on devrait au moins trouver l'indifférence... Mon Dieu... mon Dieu, protégez-le.   (Elle s'endort. — Un silence.)

SCÈNE IV.

La porte de l'oratoire s'ouvre lentement, et don Garcia paraît.

DON GARCIA.

Elle est seule..... (Il regarde de tous côtés.) Elle

dort... La bohémienne avait raison. Dieu est
pour moi... Je suis entré par cette porte... c'est
la chambre des femmes. Elles veillent peut-être
(Il s'approche.) Pas de lumière... elles dorment...
Les appartements du comte sont de l'autre
côté... Ah! voici la terrasse!... la porte doit
s'ouvrir par ici?... Oui... je suis sauvé!... Il
est là, lui... elle aussi... et cette porte seule
nous sépare. (Il va pour ouvrir la porte.) Non, pas aujourd'hui... je reviendrai plus tard. Il faut lui
laisser le temps de mesurer l'abîme où il va
tomber... Il faut qu'il sache ce qu'il y a d'angoisses dans une larme versée au souvenir d'une
joie à jamais perdue... Il aime sa fille... eh
bien!.. (Comme il s'approche de Yolande, on entend du côté
de la terrasse un bruit de pas venant de la porte qui donne sur la
chambre à coucher. Don Garcia s'arrête soudain, haletant, le
regard fixe, la tête tendue, retenant son souffle.) On vient!...
Je suis perdu...(Il porte la main gauche à sa poitrine comme
pour comprimer les battements de son cœur, et de l'autre il tient
son poignard. Le bruit des pas arrive jusqu'à la porte, puis il
semble s'éloigner peu à peu.) On s'en va!... ce n'est
rien... C'est le pas de l'homme d'armes qui est
de garde sur la terrasse... et moi qui l'oubliais!..
Le temps presse... Je suis bien seul... (Il regarde
autour de lui.) Allons ! démon de la vengeance, fu-

ries du crime, soyez satisfaits. C'est le plus pur
de son sang, à lui !...

(Il s'approche de Yolande, pose une main sur son épaule, et
lève l'autre pour lui planter le poignard dans la gorge.)

YOLANDE, rêvant.

Mon Dieu !...

DON GARCIA, se reculant.

Elle parle.

YOLANDE.

Pitié pour l'Infidèle...

DON GARCIA.

Moi !

YOLANDE.

Protégez-le... contre ses ennemis... et don-
nez-lui... la foi !...

DON GARCIA.

Elle prie pour moi !... moi, son assassin...
Pauvre ange ! qui m'abrite sous ses aîles pour
me sauver, et que je viens lâchement égorger
pendant son sommeil... Ah ! cette pensée me
fait mal !... (Il se cache la figure dans ses mains.) Ce que
je fais est infâme !... j'ai honte... j'ai honte de
moi !... Tuer cette enfant, si belle, si pure, si
confiante !... Cette enfant qui veille sur moi, et
que je ne connais que par le bien qu'elle m'a

9

fait... Non, ce n'est pas ainsi qu'un homme doit se venger... (On entend le bruit des pas de l'homme d'armes qui est de garde.) On vient... Ah! c'est l'homme de garde. J'hésite... je tremble... Ma vengeance m'échappera donc? ma vengeance perdue par ma faute... Suis-je fou?... Mon Dieu! qu'elle est belle! Comme il doit l'aimer, cet homme.... Après tout, il ne l'aime pas plus que j'aimais dona Argentine. Ah! malheur sur nous!... l'ange paiera les crimes du démon... D'ailleurs, elle dort... elle ne souffrira pas. (Il lève de nouveau le bras pour la frapper, mais son bras retombe sans force. Il se penche vers elle, et lui baise le front.) Par Saint-Pierre d'Arlenza! que se passe-t-il en moi? (En prononçant ces mots, il jette son poignard, et tombe à genoux devant Yolande.)

(Au bruit que fait le poignard en tombant. Yolande se réveille. Elle fait un mouvement de terreur en voyant don Garcia à ses pieds.)

YOLANDE.

Vous, ici!

DON GARCIA.

Silence.

YOLANDE, baissant la voix.

Mon Dieu! comme vous êtes pâle. On vous poursuit, peut-être?...

DON GARCIA.

Non.

YOLANDE.

Vos traits sont contractés... Oh! dites-moi ce que vous avez?... Vous souffrez?

DON GARCIA, d'un air sombre.

Non.

YOLANDE.

Si; vous souffrez... je le vois bien... je le sens... Vous tremblez... et tenez, la sueur, qui inonde votre front, ne me dit-elle pas toutes les angoisses que vous voulez me cacher?

(Elle passe son mouchoir sur le front de don Garcia.)

DON GARCIA, se levant.

Laissez-moi... je vous hais!

YOLANDE.

Oh! si vous saviez le mal que vous me faites, en me parlant ainsi, vous vous tairiez au moins.., Qu'avez-vous contre moi?... Parlez, je vous en prie.

DON GARCIA.

Ce que j'ai?

YOLANDE.

Oui; expliquez-vous sans crainte. Je ne vous hais pas, moi, bien au contraire.

DON GARCIA.

Savez-vous pourquoi je suis ici ?

YOLANDE.

Pour vous sauver.

DON GARCIA.

Pour vous tuer.

YOLANDE.

Me tuer? moi ! Et c'est vous, vous, qui feriez
cela?... Ah ! c'est mal !... (Elle pleure.) Non, cela
n'est pas, vous me trompez, vous voulez m'ef-
frayer ; mais je n'en crois rien. Ce que vous
dites est impossible...

DON GARCIA, ramassant son poignard.

Tenez, ce poignard... c'est lui qui en tombant
vous a réveillée... Il m'est échappé des mains...

YOLANDE.

Mais, pourquoi me tuer? Je vous aime comme
un frère, quoique je ne vous connaisse que depuis quelques heures. Je vous protégeais... je
voulais vous sauver... Je le veux encore, et
vous me haïssez, et vous voulez me tuer?.. Vous
aurais-je offensé sans le vouloir ?

DON GARCIA.

Non.

YOLANDE.

Alors, est-ce croyable?... Non, le cœur ne peut pas se tromper à ce point. Il n'est pas plus aveugle que les yeux ; et le mien me dit que vous êtes mon ami... que vous ne me haïssez pas... que vous ne me voulez pas de mal... La preuve, tenez : je ne suis qu'une enfant... vous êtes un homme... je suis seule, sans défense, tout à votre merci, enfin ; et au lieu de me faire tout le mal dont vous me menacez, vous êtes là près de moi, suppliant... vous tremblez... Depuis quand la victime fait-elle peur au bourreau?

DON GARCIA.

Depuis que le bourreau a honte de son crime.

YOLANDE, joignant les mains.

C'est donc vrai, mon Dieu !... Mais alors, qui vous a empêché d'exécuter votre... dessein ?

DON GARCIA.

Auprès de vous, ma haine s'est éteinte... Je n'ai pas eu la force d'accomplir mon crime.

YOLANDE.

Encore ce mot. Oh ! ne le prononcez plus!.. Vous voyez bien, que j'avais raison... Entre nous, la haine n'est pas possible... Vous ne pou-

vez me faire de la peine... je le sens. Voilà
pourquoi moi, d'ordinaire si craintive, je suis si
calme. Il me semble même, que si quelque danger me menaçait, c'est auprès de vous que je
me réfugierais, si mon père n'était là.

DON GARCIA.

Votre père !... Ne prononcez pas ce mot devant moi, il nous porterait malheur à tous deux.

YOLANDE.

Mon père !

DON GARCIA.

Vous ne comprenez pas que c'est lui que je
hais... et qu'il faut que je me venge ?

YOLANDE.

Vous venger de mon père !... Oh ! mon Dieu !
que vous a-t-il donc fait ?...

DON GARCIA.

Ce qu'il m'a fait ?.. Ah ! quand vous saurez ce
qu'il m'a fait, à moi, son ami !...

YOLANDE.

Son ami ?

DON GARCIA.

Vous le mépriserez.

YOLANDE.

Oh ! alors, taisez-vous, de grâce.

DON GARCIA.

.Oui, je me tairai devant vous, par respect
pour vous seule; car, ce que j'ai à dire est tellement honteux, que la pureté de votre âme en
serait altérée.

YOLANDE.

Mon Dieu ! qui donc êtes-vous, pour avoir le
droit de me parler ainsi ?

DON GARCIA.

Vous voyez ces haillons ?... eh bien ! il y a
quelques mois, j'étais riche et puissant... j'é-
tais grand parmi les grands!... j'avais mille
hommes d'armes!... j'avais vingt châteaux-
forts!... j'étais seigneur suzerain ; enfin, on
m'appelait don Garci-Fernandez, et j'étais comte
de Castille.

YOLANDE.

Comte de Castille! (Elle s'avance vers don Garcia.)
Vous n'êtes donc pas Infidèle?

DON GARCIA.

Non; je vous ai trompée.

YOLANDE.

Oh ! quel bonheur !

DON GARCIA.

Je n'ai pris ce titre d'Infidèle que pour échap-

per à l'hospitalité que vous vouliez m'offrir.
J'espérais ainsi rebuter votre charité... Vous
m'aviez sauvé... protégé... soigné... je ne voulais pas que vous servissiez d'instrument à ma
vengeance... La trahison me faisait peur... Ma
conscience était encore plus forte que ma haine.

YOLANDE, avec anxiété.

Et maintenant?

DON GARCIA.

Oh! maintenant que je les ai revus heu-
rieux... souriants et fiers de leur amour...
Maintenant... Ah! dussé-je perdre mon âme!
que l'enfer m'engloutisse, poruvu que je me
venge!

YOLANDE, les mains jointes.

Pitié pour mon père!

DON GARCIA.

Non!... Quand tous les anges du ciel inter-
céderaient pour lui... non!... Quand Dieu lui-
même m'ordonnerait le pardon, l'oubli seulement, je serais inexorable, je ne changerais
pas... Aujourd'hui, vivre, pour moi, c'est haïr.

YOLANDE.

Monseigneur, il faut tout me dire... je veux

tout savoir ; je veux tout entendre, pour avoir le droit de défendre mon père.

DON GARCIA.

Le défendre est impossible ; sa faute est de celles qui ne se réparent pas.

YOLANDE.

Mais, que lui reprochez-vous donc ?

DON GARCIA.

Je l'accuse d'avoir jeté la honte et le déshonneur dans ma maison... Je l'accuse d'avoir séduit celle qui portait mon nom... de l'avoir enlevée pendant ma maladie, et de l'avoir présentée aux siens comme sa femme... Est-ce assez de félonie ?

YOLANDE, tombant sur sa chaise.

Mon Dieu ! protégez-nous !

DON GARCIA.

Vous comprenez, maintenant, pourquoi je suis ici et ce que j'y viens faire ?... Vous comprenez qu'il faut que je me venge... que ma vengeance soit grande comme l'offense... que les coupables doivent mourir, et ce château disparaître ?

YOLANDE, se jetant aux pieds de don Garcia.

Grâce pour mon père, monseigneur! Grâce
pour moi; car c'est moi, sa fille, qui vous ai
introduit chez lui... Mais, si vous accomplissiez
votre affreux projet, je serais de moitié dans
votre crime... O monseigneur! pitié!... pitié!...
Cela ne se peut pas... Songez que moi, qui vous
ai fait tout le bien que j'ai pu; moi, qui vous
aime comme un frère... ma position est horrible!... horrible! il faut que je laisse tuer mon
père!..

DON GARCIA.

Ou que vous me trahissiez.

YOLANDE.

Mais, ce serait vous perdre!

DON GARCIA.

C'est votre droit.

YOLANDE.

Moi, perdre le malheureux qui s'est confié à
ma loyauté... ah! ce serait une honte... Ecou-
tez-moi, monseigneur. Aussi vrai que Dieu
m'entend, mon père m'aime plus que tout au
monde... Vous ne vous étiez pas trompé... me
tuer, c'était lui faire le plus grand des cha-
grins... Tuez-moi, monseigneur, je vous en

supplie ; tuez-moi, puisqu'il vous faut une victime... Vous serez bien vengé, et moi... moi,
je vous bénirai.

(Elle se lève et présente sa poitrine à don Garcia.)

DON GARCIA, se reculant.

Vous tuer !

YOLANDE.

Oui, et pardonner à mon père.

DON GARCIA.

Non ; pas de mort pour vous, pas de pitié
pour lui.

YOLANDE.

Vous me refusez?... Ah ! monseigneur, vous
êtes impitoyable !... Ce que vous faites est indigne de vous... Oh ! je vous le dis, moi qui ne
suis qu'une enfant, une telle vengeance n'est
pas d'un chevalier... Se servir de l'enfant pour
tuer le père... arriver la nuit... comme un ban-
dit... se cacher... se courber... ramper jusqu'à
sa victime... pour la surprendre, pour la frapper dans l'ombre, c'est une conduite infâme !...
Monseigneur, quand on a l'honneur de porter
une épée, on n'a pas le droit de se servir du
poignard!

(Elle tombe épuisée sur sa chaise, en pleurant.— Un silence.)

DON GARCIA.

Ce que vous dites, ma conscience me le criait... Ne pleurez pas... Je tâcherai d'être digne de vous.

YOLANDE.

se levant toute joyeuse et prenant la main de don Garcia.

Vous me le promettez, monseigneur?.. (On entend un bruit confus de pas et de voix.) Oh! mon Dieu! quel est ce bruit?... On vient... cachez-vous...

(Avant que don Garcia ait eu le temps de gagner la porte de l'oratoire, la porte de la chambre à coucher des femmes s'ouvre, et Isoline entre précipitamment.)

SCÈNE V.

ISOLINE, apercevant don Garcia.

L'Infidèle !

YOLANDE, courant vers Isoline.

Tais-toi.... Ferme cette porte.... (Au comte.) Monseigneur, cachez-vous, je vous en prie ; et pour l'amour de moi, soyez prudent.

(Don Garcia sort, en fermant sur lui la porte de l'oratoire.)

ISOLINE, étonnée.

Monseigneur !

YOLANDE.

Maintenant, dis vîte... quel est ce bruit?

ISOLINE.

Monseigneur votre père vous croit couchée ;

il m'envoie vous dire de vous préparer en toute
hâte à le recevoir, ainsi qu'une partie de ses
gens.

YOLANDE.

Ses gens ici ! dans ma chambre?... Mais que
se passe-t-il donc?

ISOLINE.

Je ne sais au juste ; mais je crains de m'en
douter. Ce matin, j'ai rencontré le page de
monseigneur, et, selon son habitude, il m'a
parlé d'amour... Moi, je me suis moquée de lui...

YOLANDE.

Eh bien?

ISOLINE.

Je lui ai dit que je ne l'aimais pas, que je ne
l'aimerai jamais... Il était furieux !

YOLANDE.

Mais, quel rapport cette histoire a-t-elle avec
ce qui se passe pour le moment?

ISOLINE.

Vous allez voir... Cet après-midi, quand j'ai
été de votre part chercher l'Infidèle pour l'amener ici, malgré les précautions que j'ai prises,
le page nous a surpris. Il a cru peut-être que le
mendiant était... un amant déguisé.

10

YOLANDE.

Qu'importe?

ISOLINE.

Pour se venger, il aura inventé une fable
quelconque.

YOLANDE.

Qui te fait supposer cela?

ISOLINE.

Quand on a frappé à la porte de ma chambre,
pour me réveiller... je l'ai vu, il souriait d'une
étrange façon.

YOLANDE.

Ce n'est qu'une supposition.... Enfin, que
dit-on?

ISOLINE.

On prétend qu'on a vu un homme escalader,
au moyen d'une échelle, le mur du château que
l'on répare. L'alarme a été donnée aussitôt, et
on le cherche partout depuis une heure... Pour
le moment, on est dans les appartements de la
comtesse... dans un instant, on sera dans le
vôtre.

YOLANDE, avec effroi.

Mais alors, il est perdu... Que faire?... Ah!
cette terrasse...

ISOLINE.

Il y a un homme de garde.

YOLANDE.

C'est vrai. L'oratoire?...

ISOLINE.

Il n'a d'issue que par votre chambre.

YOLANDE.

Je suis folle... Ta chambre?

ISOLINE.

Elle est déjà envahie par les gens du comte...

YOLANDE.

Et par ici?...

ISOLINE.

C'est la chambre de la comtesse... Autant se jeter en enfer tout de suite.

YOLANDE.

Mon Dieu ! que faire?... Mais trouve donc un moyen de le sauver. Tu vois bien que, moi, je ne sais plus ce que je fais. Il ne faut pas que mon père le trouve ici... il ne le faut pas, entends-tu?... Ce serait un homme perdu... Ah ! Isoline ! si tu le sauvais, je t'aimerais plus qu'une sœur... je t'aimerais comme on aime sa mère!

ISOLINE.

Il y aurait bien un moyen.

YOLANDE.

Lequel?

ISOLINE.

Mais c'est un Infidèle.

YOLANDE.

Non!... Non! ce n'est pas un Infidèle.

ISOLINE.

Jésus ! que dites-vous là ?

YOLANDE.

Il est Chrétien et Castillan... chevalier et seigneur suzerain... Je te dirai tout plus tard...
Ton idée, quelle est-elle? parle vîte.

ISOLINE.

Puisqu'il en est ainsi, le plus simple est de
donner raison au page.

YOLANDE.

Comment ?

ISOLINE.

En faisant passer ce chevalier pour un amant
introduit par moi sans votre permission.

YOLANDE.

Un amant !

ISOLINE.

A moi...

YOLANDE, après un moment.

Non... pas cela.

(On entend un bruit de pas.)

ISOLINE.

Nous n'avons pas le choix des moyens... On vient... Taisez-vous.

(On frappe. Isoline va ouvrir. Le comte paraît, escorté de quelques hommes d'armes et de varlets qui portent des flambeaux.)

SCÈNE VI.

Le comte entre seul d'abord.

LE COMTE.

Ma chère Yolande, pardonnez-nous de venir ainsi troubler votre sommeil ; mais vous savez combien nous sommes menacés par nos voisins, et l'on prétend avoir vu cette nuit un homme escalader les murs du château... Depuis une heure, nous le cherchons vainement. Il ne reste plus à fouiller que la partie du château que vous habitez. Puis-je faire entrer mes gens ?...

10*

YOLANDE, d'une voix faible.

Oui, Monseigneur.

(Le comte fait un geste. Les hommes d'armes et les varlets de
sa suite entrent silencieusement : parmi eux, on remarque
le page. Dans le même moment, la porte de la chambre de
la comtesse s'ouvre, et dona Argentine paraît. Elle s'avance
vers le comte.)

SCÈNE VII.

DONA ARGENTINE.

Eh bien, monseigneur ?

LE COMTE.

Rien encore, madame.

DONA ARGENTINE.

C'est étrange.

LE COMTE, à ses gens.

Ouvrez la porte de la terrasse, et faites entrer l'homme de garde.

(La porte est ouverte par un varlet.)

LE COMTE, à l'homme d'armes.

Depuis quelle heure es-tu placé là ?

L'HOMME D'ARMES.

Depuis dix heures.

LE COMTE.

Tu n'as vu personne ? tu n'as entendu aucun bruit ?

L'HOMME D'ARMES.

Non, monseigneur.

LE COMTE.

C'est bien... Fouillez l'oratoire.

ISOLINE, bas à Yolande, qui vient de faire un mouvement.

Du courage... (Haut, s'adressant à l'homme d'armes qui veut entrer dans l'oratoire.) Arrêtez !... (Elle se jette aux pieds du comte.) Monseigneur, pardonnez-moi.

LE COMTE, à Yolande.

Que signifie ?

ISOLINE.

Grâce pour lui et pour moi !

LE COMTE, d'une voix dure.

Par le Christ ! parlez haut et vîte, si vous avez souci de la grâce que vous demandez.

ISOLINE.

Monseigneur, il y a un homme caché dans l'oratoire.

LE PAGE, à demi-voix.

J'en étais sûr !

LE COMTE.

Quel'est cet homme ?

ISOLINE.

Mon amant.

LE COMTE.

Votre amant dans l'appartement de ma fille !

LA COMTESSE.

C'est une honte !

ISOLINE.

De grâce, veuillez m'entendre, monseigneur...
vous verrez...

LE COMTE, à sa suite.

Faites sortir cet homme.

(Au moment où deux varlets s'avancent vers la porte, elle
s'ouvre toute grande, et don Garcia paraît sur le seuil. Il
est dans la pénombre, ce qui ne permet pas de distinguer
ses traits.)

SCÈNE VIII.

DON GARCIA, à Isoline.

Merci, femme, la ruse ne va pas à ma taille...
(D'une voix haute, au comte et à son entourage.) Messei -
gneurs, je suis don Garci-Fernandez ! me re-
connaissez-vous ?

(A ces mots, le comte recule, et la comtesse jette un cri d'effroi en se cachant la figure dans ses mains.)

DONA ARGENTINE.

Lui !... lui !... lui !...

DON GARCIA.

Vous me reconnaissez... c'est bien. Dire qui je suis, c'est dire ce que je veux, n'est-ce pas ? Quoi ! tu hésites ! Ah ! comte, sur cette terre, un de nous est de trop ; malheur, si tu l'oublies ! (Il fait un pas vers le comte.) Viens ! Mes armes, aujourd'hui, c'est ce poignard ; mes témoins, le ciel ; mes conditions, la mort !

DONA ARGENTINE.

Mon Dieu ! protégez-moi.

LE COMTE, à voix basse.

Je suis là pour cela, madame.

DON GARCIA.

Monseigneur daignera-t-il répondre ?

LE COMTE, à ses gens, en désignant don Garcia.

Cet homme est un imposteur.

YOLANDE.

Mon père !

LE COMTE, lui prenant le bras.

Taisez-vous.

DON GARCIA.

Comte, tu en as menti par ta gorge !

LE COMTE.

Qu'on l'arrête.

DON GARCIA.

Que ne te charges-tu toi-même de ce soin?
(Il tire son poignard, et écarte les hommes d'armes qui viennent pour l'arrêter.) Trahison!... lâcheté!... Hors d'ici, valetaille...

YOLANDE.

Ne le tuez pas!... Ne le tuez pas!

LE COMTE.

Silence!

DON GARCIA, luttant contre les hommes d'armes.

Ne voyez-vous pas que j'ai raison?... Tenez, cette femme qui est là, écrasée de honte, autrefois, c'était la comtesse de Castille; aujourd'hui, c'est la concubine du comte Jullien... Voyez s'il osera la défendre?... Dites-donc à votre amant, madame, qu'au temps où vous aviez l'honneur d'être comtesse de Castille, si quelqu'un vous avait insultée, ce n'est pas aux varlets que le soin de défendre votre honneur eût été confié... Ah! j'en ai honte pour vous! Vous êtes un couple infâme!... Allons, chiens couchants que vous êtes, qu'on me laisse. Ce n'est pas votre sang, c'est le sien, qu'il me faut... La vie ne vaut certes pas qu'on la dispute à des gens tels que vous. Faites de moi ce qu'il vous plaira...

(Il jette son poignard. Les hommes d'armes s'élancent sur lui et le garottent.)

LE COMTE.

Vous me répondez de cet homme sur votre tête.

YOLANDE.

Mon père!

LE COMTE.

Pas un mot... (A dona Argentine.) Venez, madame.

LE PAGE, en aparté.

Parbleu! monseigneur me doit un beau cierge!

RIDEAU.

ACTE QUATRIÈME.

—

Le théâtre représente une partie des souterrains du château du comte Jullien. De distance en distance, d'énormes piliers, surmontés de cintres écrasés, supportent la voûte. L'œil se perd dans un dédale de galeries.—Au premier plan, à gauche, contre un pilier, don Garcia, enchaîné par les mains et par le cou, est couché par terre sur la paille; auprès de lui est une écuelle pleine d'eau.—A gauche, au premier plan, on distingue à terre ou accrochés au mur, différents instruments de torture. — Au fond, les premières marches d'un petit escalier en spirale. — La scène est sans lumière.

———

SCÈNE PREMIÈRE.

DON GARCIA, seul.

Où suis-je?... Mon Dieu! que je souffre!..... mes membres sont engourdis et tout endolóris... (Il veut lever les bras.) Des chaînes!... Ah! oui... je me souviens... c'était... hier ou aujourd'hui, je ne sais plus au juste... je les ai revus... je l'ai provoqué; lui, et il n'a pas accepté mon défi. Pour fuir ma vengeance, il m'a traité d'imposteur, le lâche!... Elle?... elle s'est voilée la face de honte... Je lui ai fait bien mal... En-

fin, ils triomphent! ils m'ont enseveli vivant
dans ce cachot, afin que le bruit de ma voix ne
parvînt pas jusqu'à eux... Je troublais leur fête.
Ah! c'est fini pour moi. Amour et liberté, biens
suprêmes de la vie, j'ai tout perdu!... Aujour-
d'hui, mon amour c'est de la haine, et ma liberté est grande comme la chaîne qui me re-
tient ici... Il y avait cependant à mes côtés, un
ange, si doux et si beau, que près de lui j'oubliais le passé... Qu'est-il devenu?... Pourquoi
s'est-il enfui?... Est-ce le moment de m'abandonner, lorsque je suis seul et souffrant?... Où
l'ai-je vu?... en rêve, peut-être. Non, cet ange
que je regrette, c'est une femme... une jeune
fille... C'est sa fille, à lui... sa fille, qu'il aime
tant!... Et dire que je la tenais là, en mon pouvoir, que je pouvais la tuer et que je ne l'ai pas
fait... je l'ai laissée partir... Triple fou!... Aujourd'hui, je serais presqu'à moitié vengé... Je
pourrais me laisser mourir, puisque je suis déjà
fatigué de la lutte... (On entend le bruit d'une porte qui
s'ouvre.) Quel est ce bruit? (Le cachot s'éclaire.) Cette
lumière! (On voit apparaître Yolande tenant une petite lampe
à la main.) Elle!... Mon Dieu! est-ce une vision?

(Yolande referme la porte, puis elle reste un moment indécise
et comme effrayée.)

11

SCÈNE II.

YOLANDE.

Qu'elle horrible prison !.... Sainte Vierge ! soutenez-moi. (Elle regarde autour d'elle.) Je ne distingue rien... Si j'appelais?... je n'ose, le bruit de ma voix me fait peur... les morts seuls me répondraient, peut-être... Il est là, cependant. (Elle se penche.) Ah ! le voici là-bas. (Elle pose sa lampe sur une pierre, et court vers don Garcia.) Monseigneur, n'ayez souci de rien... Pourquoi me regarder ainsi ? Parlez, que votre voix me rassure... On dirait que vous ne me reconnaissez pas, moi, votre amie !

DON GARCIA.

Vous, qui m'avez perdu.

YOLANDE.

Je viens vous sauver.

DON GARCIA.

Allez, je vous maudis !

YOLANDE, joignant les mains.

Par pitié, monseigneur, ne me parlez pas ainsi.

DON GARCIA.

Laissez-moi mourir en paix.

YOLANDE.

Mais je ne veux pas que vous mouriez.

DON GARCIA.

Que vous importe !... Mon supplice vous semble-t-il trop court ?

YOLANDE.

Ah ! tenez, monseigneur, vous me brisez le cœur... je ne sais plus que dire, je ne sais plus que faire; et cependant, je vous le jure, je donnerais volontiers toute ma vie pour vous épargner une heure d'angoisses.

DON GARCIA.

Vous mentez !

YOLANDE.

Mais que faut-il faire pour vous convaincre ?

DON GARCIA.

Rien.

YOLANDE, se rapprochant de don Garcia.

Cependant, il faut que je vous sauve.

DON GARCIA, se dressant avec rage.

Malheur à vous, si vous m'approchez !

YOLANDE.

Vous pourriez me tuer ?

DON GARCIA.

Je puis bien vous haïr.

YOLANDE.

Eh bien, oui, la mort plutôt que votre haine ; mais laissez-moi vous rendre votre liberté et vos armes.

DON GARCIA.

Ma liberté !... Mes armes !...

YOLANDE.

Voulez-vous ?

DON GARCIA, la repoussant faiblement.

Non, vous dis-je, je suis tellement las de ma destinée, que je préfère la nuit de ce tombeau à la lumière du monde.

YOLANDE.

Quoi ! vous refusez ?

DON GARCIA.

Que ferais-je là-haut ? Je n'ai plus rien, et je sais qu'amour et amitié sont une même duperie ; je sais que tous les hommes sont méchants, que toutes les femmes sont fausses.

YOLANDE.

Non, c'est impossible... vous vous trompez...

Je ne connais rien de la vie, mais je sais que ce monde est l'œuvre du Tout-Puissant, et qu'il ne peut être aussi laid, aussi méchant que vous le dites. Je sais que mon amitié est loyale et franche... Vous en doutez?... Voyez si mon regard se baisse devant l'éclat du vôtre; voyez s'il craint de vous laisser voir jusqu'au fond de mon cœur.

DON GARCIA, avec feu, en prenant Yolande dans ses bras.

Eh bien, oui !... Ange, femme ou démon, je crois en toi. Que veux-tu?

YOLANDE.

Vous sauver!..... Ah! monseigneur, si Dieu m'aime, il vous récompensera de cette bonne parole. (Elle prend les mains de don Garcia.) Laissez-moi vous débarrasser de ces vilaines chaînes. Il faut se hâter, voyez-vous; on peut venir, et tout serait perdu. (Elle cherche à enlever les chaînes qui sont aux mains de don Garcia.) Voyez, elles vous blessent... Mon Dieu! comme c'est lourd et froid... le fer est rouillé... il fait si humide ici... Ce sont vos larmes, peut-être?

DON GARCIA.

Mes larmes et mon sang.

YOLANDE.

C'est vrai; les chairs sont meurtries. O mon
Dieu! qu'elle souffrance!... Si je vous fais mal,
dites-le moi?

DON GARCIA.

Ne craignez rien.

YOLANDE.

Je ne puis pas vous faire plus de mal qu'on ne
vous en a fait, n'est-ce pas? Oh! mais je le réparerai, laissez-moi faire. Mon Dieu! que c'est
dur!.. que c'est dur!.. (Elle s'arrête en pleurant.) Ah!
je ne puis pas!... Que faire?...

DON GARCIA.

En face, contre la muraille, vous trouverez
une pointe de fer, des tenailles...

YOLANDE.

C'est la force, qui me manque.

(Elle se met à genoux.)

DON GARCIA.

Que faites-vous?

YOLANDE.

Je la cherche en Dieu... (Elle prie.) Doux Jésus!
j'ai foi dans votre puissance comme dans votre

bonté. Je vous donne mon cœur; donnez-moi la force de sauver celúi... que j'ai perdu.

DON GARCIA la relève et lui baise les mains.

Vous êtes, sur mon âme, aussi sainte que belle !

YOLANDE.

Je suis ce que Dieu m'a faite, monseigneur, trop faible pour vous sauver, s'il ne me vient pas en aide... Oh! mais j'ai bon espoir. Voyez-vous, c'est cette petite tige de fer que je ne puis enlever... Ah! ce poignard...

DON GARCIA.

C'est le mien ; prenez garde de le briser.

YOLANDE.

Ne craignez rien.

DON GARCIA.

Vous n'arriverez pas?

YOLANDE.

Si, la tige est presque sortie... mais ce poignard n'est pas assez effilé pour la pousser plus loin.

DON GARCIA.

Là-bas, vous trouverez ce qu'il vous faut.

YOLANDE.

Non... non, c'est inutile.

DON GARCIA.

Prenez garde !

YOLANDE.

J'y suis... elle vient... je la tiens... Ah !

(Elle jette un cri, et les chaines tombent.)

DON GARCIA.

Vous êtes blessée ?

YOLANDE.

Oui ; mais vous êtes libre.

DON GARCIA.

Donnez, que j'arrête ce sang.

YOLANDE.

Il vous sera facile d'enlever l'anneau qui est à votre cou, n'est-ce pas ?

DON GARCIA.

Oui ; plus tard, nous verrons. Songeons à vous, d'abord... donnez-moi votre main... puis cette écharpe. (Il lui arrange le bras.) Pauvre enfant !

YOLANDE.

Vous me plaignez, monseigneur?.. Une larme

est tombée sur ma main... cela vous fait donc bien de la peine, de me voir souffrir ?

DON GARCIA, arrangeant le bras de Yolande.

Votre main est brûlante., vos joues aussi, et cependant vous pâlissez,

YOLANDE.

Moi !

DON GARCIA.

Vous souffrez, n'est-ce pas ?

YOLANDE.

Oh ! non.

DON GARCIA.

Alors, vous avez froid... ou peur... Vous avez quelque chose ?

YOLANDE.

Monseigneur, je vous jure que je n'ai jamais été si heureuse.

DON GARCIA,

présentant à Yolande la sébile qui est auprès de lui.

Tenez, prenez quelques gouttes de cette eau, cela vous remettra.

(Yolande, toujours soutenue par don Garcia, trempe ses lèvres dans la sébile qu'il lui présente.)

YOLANDE.

Merci.

DON GARCIA.

Et maintenant, à mon tour... (Il défait la chaine
qui est à son cou.) Libre !... libre !... Ah ! je respire,
enfin.

(Il fait quelques pas, et prend son poignard qu'il met dans
sa ceinture.)

YOLANDE.

Il faut fuir.

DON GARCIA,
s'agenouillant devant Yolande et lui baisant les mains.

Laissez-moi vous remercier, mon bon ange,
de tout ce que vous avez fait pour moi.

YOLANDE.

Dites-moi que vous ne m'en voulez plus; que
jamais vous ne douterez de mon cœur, et nous
serons quittes.

DON GARCIA.

Et si je vous disais...

YOLANDE.

Quoi donc, monseigneur ?

DON GARCIA.

Si je vous disais que je vous aime?

YOLANDE.

Je le croirais, monseigneur.

DON GARCIA.

Vrai, Yolande, mon amour ne vous effraierait pas ?

YOLANDE.

Monseigneur, le bonheur tue quelquefois, mais il n'effraie jamais. Votre amour pour moi, c'est la joie de mon âme; c'est l'écho de mon cœur; c'est la caution de la vie de mon père. C'est tout...

DON GARCIA; se levant.

Votre père !

YOLANDE.

Mon Dieu! comme ce nom, si doux à prononcer, devient terrible sur vos lèvres.

DON GARCIA.

Ah ! c'est que pour un moment, j'avais tout oublié ; mais ce nom me rappelle à moi-même. Entre nous, il y a une tache si honteuse, et dans mon cœur une haine si forte, qu'il ne peut y avoir de place pour l'amour.

YOLANDE.

Ainsi, je ne dois pas vous aimer?

DON GARCIA.

Non.

YOLANDE.

Comme vous me dites froidement cet horrible
mot ; on dirait que vous ignorez tout ce qu'il
détruit de bonheur et d'espérance?.. Ah! tenez,
monseigneur, je suis franche, et bien ou mal,
je vous le dis : que vous le vouliez ou non, mon
cœur est tout à vous... Joie ou malheur, aujour-
d'hui vous êtes toute ma vie. Qu'importe, que
vous m'aimiez ou que vous ne m'aimiez pas, je
ne vous en aimerai pas moins ; seulement, j'en
mourrai, et ce sera votre faute ; car enfin, tout-
à-l'heure encore, vous me parliez de votre
amour ; et j'étais si heureuse, que tout me semblait possible. Maintenant, vous me dites que
mon père est un obstacle ; que faut-il faire pour
le franchir, dites ? Vous ne me répondez pas...
Contre votre haine, acceptez mon amour ; je
servirai de rançon à mon père, vous ferez de
moi une esclave, une servante, une chose de
rien, qu'on repousse du pied quand on n'en
veut plus ; et moi, quoiqu'il arrive, toujours
auprès de vous... je vous aimerai et je vous servirai, comme on aime et sert Dieu... Voulez-
vous?

DON GARCIA, relevant Yolande et la serrant dans ses bras.
Viens! fuyons !

YOLANDE.

Vous acceptez, monseigneur ?

DON GARCIA.

Ne me demande rien... il m'est impossible
de te répondre ; tout en moi est ténèbres... j'ai
la tête si vide, et le cœur si plein, qu'on dirait
que ma tête est tombée dans mon cœur. Tout
ce que je sais, et j'en jure Dieu ! Yolande, c'est
que je t'aime par-dessus tout.

YOLANDE.

Le plus beau de mes rêves n'a jamais été
aussi beau... (Elle prend la main de don Garcia.) Venez.

DON GARCIA.

Par ici?

YOLANDE.

Non... nous ne pourrions sortir du château
par cette porte, sans être remarqués. Il doit y
avoir de ce côté une poterne qui donne dans
les fossés du château. (Avec sa lampe, elle éclaire le mur
de gauche.) Voici !...

DON GARCIA.

La clé?

YOLANDE.

Les voici toutes. (Comme don Garcia cherche à ouvrir
la porte, on entend un bruit de voix de l'autre côté.) Quel est
ce bruit?... Attendez.

12

DON GARCIA, écoutant.

On vient...

YOLANDE.

Que faire?

DON GARCIA.

Ne craignez rien... ce ne peut être que le geôlier qui vient m'apporter mon repas. Je vais reprendre mes chaînes... cachez-vous là et éteignez votre lampe; dès qu'il sera parti, nous serons libres.

(En disant ces mots, il fait cacher Yolande derrière un pilier, éteint sa lampe, et vient se mettre sur la paille où 1 était couché. Pendant qu'il arrange ses chaînes, la porte du cachot s'ouvre, et dona Argentine paraît suivie d'un geôlier.)

SCÈNE III.

DONA ARGENTINE, au geôlier.

Attendez-moi ici.

DON GARCIA.

Cette voix!... Dona Argentine!... Que vient-elle faire? (Dona Argentine s'approche de l'endroit où est don Garcia.) Vous ici, madame!... Quoi! vous osez venir me braver jusque dans le tombeau où vous m'avez fait jeter?

DONA ARGENTINE.

Je ne viens pas pour vous braver.

DON GARCIA.

Que venez-vous donc faire ?

DONA ARGENTINE.

Je viens offrir au prisonnier du comte Jullien, sa liberté contre mon repos.

DON GARCIA.

Je ne comprends pas ?

DONA ARGENTINE.

Voulez-vous rétracter publiquement les paroles que avez prononcées hier ?

DON GARCIA.

Qu'ai-je donc dit ?

DONA ARGENTINE.

Que j'étais la maîtresse du comte Jullien.

(Un silence.)

DON GARCIA.

Si je comprends bien, c'est un marché que vous mé proposez ? Vous voulez que je déclare hautement, devant tous, que j'ai menti ?

DONA ARGENTINE.

Que vous vous êtes trompé.

DON GARCIA.

Qu'importe le mot !... Je dirai que vous n'êtes

pas l'infâme créature qui m'a si lâchement trahi, n'est-ce pas?

DONA ARGENTINE.

Prenez garde !

DON GARCIA.

Que je ne vous connais pas, enfin... Et c'est à moi... à moi, don Garci-Fernandez, chevalier et comte de Castille, que vous osez venir marchander mon honneur contre une infamie?

DONA ARGENTINE.

Contre votre liberté.

DON GARCIA.

La liberté sans honneur ! Mais , dites-moi donc, madame, lorsque vous aviez l'honneur de vivre auprès de moi, quelle action lâche... honteuse et méprisable, j'ai pu commettre, pour vous permettre de m'insulter ainsi?

DONA ARGENTINE.

Vous refusez ?

DON GARCIA.

Oui, certes... Mille morts plutôt qu'une tache à mon nom !

DONA ARGENTINE.

Vous aurez l'une et l'autre.

DON GARCIA.

J'aurai du moins l'honneur de ne pas être votre complice.

DONA ARGENTINE.

Eh bien ! monseigneur, vous serez satisfait. Entre nous, désormais, c'est une guerre à mort ; et comme vous êtes en mon pouvoir, je vous écraserai comme l'insecte qui rampe à mes pieds.

DON GARCIA.

Vous vous trompez, madame... je suis au pouvoir du comte Jullien, et non au vôtre.

DONA ARGENTINE.

Lui ou moi, qu'importe... ne suis-je pas toute puissante ici ?

DON GARCIA.

Ce que vous dites est horrible.

DONA ARGENTINE.

Ce que je ferai sera mieux.

DON GARCIA.

Allez ! c'est une honte !

DONA ARGENTINE.

Votre sang, monseigneur, effacera cette tache.

(Elle fait un pas pour se retirer.)

12·

DON GARCIA.

Encore un mot, de grâce.

DONA ARGENTINE.

Dites vîte.

DON GARCIA.

Quel est donc le sort que vous me réservez ?

DONA ARGENTINE.

Celui de l'ennemi qu'on hait et qu'on redoute... une mort lenté, mais sûre... une mort affreuse, mais sans bruit... Vos sanglots, monseigneur, n'éveilleront personne.

DON GARCIA.

A mon tour, maintenant... Dona Argentine ! épouse adultère !... maîtresse éhontée !... femme impitoyable !... je te dis, moi, qu'il faut recommander ton âme à Dieu, car ton heure est venue, et tu vas mourir de la main de celui que tu as outragé.

(En prononçant ces mots, il jette ses chaines et se dresse sur ses pieds, son poignard à la main. Dona Argentine, qui, pâle, effrayée, et comme fascinée, s'était reculée peu-à-peu, jette un cri, laisse tomber sa lampe, et se sauve du côté de l'escalier. — La scène est dans la plus complète obscurité.)

DONA ARGENTINE, se sauvant.

A moi !... geôlier... à moi !... je suis perdue !

YOLANDE.

Grâce ! monseigneur !

LE GEOLIER, en se sauvant.

Au secours !... Au secours !...

SCÈNE IV.

Toute la scène qui suit se passe derrière un massif placé contre l'escalier. Le spectateur ne voit absolument rien que Yolande qui est à genoux sur le devant de la scène, auprès de l'endroit où était enchaîné don Garcia.

VOIX DE DONA ARGENTINE.

O grâce !... grâce, monseigneur !... Ne me tuez pas !... je réparerai mes torts... j'entrerai au couvent... je... Oh ! vous me faites un mal affreux !... Je vous déchirerai le visage... Vous me brisez la poitrine !... j'étouffe !... Pitié ! le temps seulement... de recommander mon âme... Ah !...

(On entend un cri déchirant et le bruit d'un corps qui tombe, puis il se fait un grand silence.)

DON GARCIA, reparaissant.

(Il appelle.)

Yolande... Yolande...

(Il cherche Yolande, qui, pendant toute cette scène, aux premiers cris de dona Argentine, est tombée à genoux, la tête cachée dans ses mains. Elle est évanouie.)

DON GARCIA.

Venez vîte... Pauvre enfant! elle est glacée d'effroi. (Il la relève et la prend dans ses bras.)

SCÈNE V.

VOIX DE DIEGO.

Monseigneur... Monseigneur...

DON GARCIA.

Quelle est cette voix?

DIEGO, entrant sans lumière.

Monseigneur, êtes-vous là?

DON GARCIA.

Diego, c'est toi?

DIEGO.

Oui.

DON GARCIA.

Ah! c'est le ciel qui t'envoie...

DIEVO.

Le ciel et l'envie de vous venger .. Avez-vous une issue, par ici?

DON GARCIA.

Oui.

DIEGO.

Alors, fermons cette porte... Le geôlier a donné l'éveil ; le comte et ses hommes d'armes sont sur mes pas.

DON GARCIA.

Tu as raison.

(Ils ferment la porte du petit escalier en spirale, et la barricadent avec les instruments de torture qui sont contre le mur.)

DIEGO.

Où est l'autre porte ?

DON GARCIA.

Viens de ce côté, et soutiens cette enfant.

(Ils marchent en tâtonnant le long des murs.)

DIEGO.

Pourquoi s'embarrasser d'une femme ?

DON GARCIA.

Je l'aime, et je lui dois plus que la vie... Prends bien garde de tomber.

DIEGO.

Il fait aussi glissant que sombre, dans cet affreux cachot... Nous sommes dans une flaque d'eau.

DON GARCIA.

Non, c'est du sang... Ah ! voici la porte...
Aide-moi.

DIEGO.

Et l'enfant?

DON GARCIA.

Yolande, reposez-vous un instant, sur cette
pierre... le temps d'ouvrir cette porte, et nous
sommes sauvés.

YOLANDE.

Faites vîte, monseigneur, l'air me manque,
ici... Il me semble que je vais mourir.

DON GARCIA, lui baisant le front.

Du courage.

SCÈNE VI.

VOIX DU COMTE, au dehors.

Argentine !... Argentine !...

YOLANDE, se levant.

Mon père !

DON GARCIA.

Allons, les voici... Vîte les clés.

VOIX DU COMTE.

Argentine !... Ouvrez, misérable!... ouvrez

tout de suite; ou, de par Dieu! j'inventerai pour vous châtier quelque nouveau supplice.

DON GARCIA.

(Il essaie les clés les unes après les autres.)

Ce n'est pas celle-ci... Non... trop grande...

VOIX DU COMTE.

Enfoncez cette porte...

(On entend les coups de pioche et de hache qui ébranlent la porte et la font voler en éclats.)

DON GARCIA.

Celle-ci non plus..... Trop petite.... Trop grande... C'est une fatalité.

DIEGO.

Vous ne la trouvez pas?

DON GARCIA.

Non... la connaissez-vous, Yolande?

YOLANDE.

Non, monseigneur...

DON GARCIA.

Allons, je vais recommencer.

DIEGO.

Vivement, monseigneur... vivement, le travail avance, là-bas.

DON GARCIA.

Malheur !... Je les ai toutes essayées... Aucune d'elles ne va à cette porte... Que faire ?

DIEGO.

Donnéz, que j'essaie à mon tour.

DON GARCIA.

Tiens... Dépêche-toi.

VOIX DU COMTE.

Frappez !... Frappez-donc !... Ah ! vous n'avancez pas... Donne-moi cette masse...

(Les coups redoublent.)

DON GARCIA.

Eh bien ?

DIEGO.

Rien.

DON GARCIA.

Allons, il faut essayer de faire sauter la serrure... Va chercher une barre de fer.

DIEGO.

Attendez... j'ai mon épée.

(Il fait une pesée sur la porte, et l'épée se brise en deux.)

DON GARCIA.

Que fais-tu donc ?

DIEGO.

Mon épée est brisée.

DON GARCIA.

Malédiction ! nous sommes perdus !

DIEGO.

Pas encore ; on ne se défie pas de moi.

(A ce moment, ce qui reste de la porte du petit escalier tombe
en dedans du cachot, en faisant un grand bruit. Une ving-
taine d'hommes d'armes et autant de variets, pour la plupart
armés et munis de torches, se précipitent dans le cachot. Le
comte est à leur tête ; il tient une masse d'arme à la main.)

SCÈNE VII.

LE COMTE.

La comtesse !... Sauvez la comtesse !...

(En apercevant le comte, qui est à quelques pas de lui, don
Garcia s'élance sur lui le poignard à la main.)

DON GARCIA.

Comte, nous voilà quittes.

(Mais plus prompte que lui, Yolande s'est jetée au-devant de
son père.)

YOLANDE.

Mon père !

(Le poignard tombe des mains de don Garcia, qui est immé-
diatement entouré et saisi par les hommes d'armes.)

LE COMTE.

Yolande ici?... Arrêtez cet homme... (A don Garcia.) Réponds. Où est la comtesse?

DON GARCIA.

Devant Dieu.

LE COMTE.

Morte!

DON GARCIA.

Et c'est moi qui l'ai tuée!... Dans son cœur, vois-tu, comte, avec ce poignard, j'ai effacé le nom que tu avais osé y graver!... En mourant, elle t'a renié.

LE COMTE.

Si ce que tu dis est vrai, quel que soit ton courage, tu peux trembler.

DON GARCIA.

Tu mens! Je t'en défie!...

LE COMTE.

C'est ce que nous verrons.

DON GARCIA.

Ta vengeance, fut-elle grande comme la colère du ciel, n'atteindrait pas encore mon courage; car ma cause est juste autant que la tienne est honteuse.

UN HOMME D'ARMES, au comte.

Monseigneur, nous venons de trouver la comtesse...

LE COMTE, avec anxiété.

Eh bien ?

L'HOMME D'ARMES.

Elle est morte.

LE COMTE, désignant don Garcia.

Amenez cet homme dans l'endroit où vous avez trouvé la comtesse. Il faut qu'il meure où sa victime est tombée!

DON GARCIA.

Vraiment, comte, je t'admire ; ta haine pour moi a de ces attentions que ton amitié n'aurait jamais trouvées.

LE COMTE.

Tu dis vrai ; ta vie m'est tellement chère, que je veux la ménager. (Aux hommes d'armes.) Je ne veux pas que cet homme meure du premier coup, vous m'entendez ; il faut que chaque goutte de son sang soit économisée ; il faut qu'elle rende toute la douleur qu'elle peut contenir. Inventez, prolongez son supplice... S'il demande grâce, je vous affranchis tous. Allez, et faites vîte...

DON GARCIA.

Amis, votre besogne ne sera pas payée, c'est moi qui vous le dis... Quant à toi, comte, si tes actions ne te font pas trembler, assiste à mon supplice... tu verras comment meurt un Garcia; la chose en vaut la peine. Viens apprendre à mourir.

(Ils sortent.)

SCÈNE VIII.

YOLANDE, à son père.

Mon père! si ma vie vous est chère, si vous m'aimez, rétractez l'ordre que vous venez de donner...

LE COMTE.

Sais-tu bien ce que tu me demandes?

YOLANDE.

Je sais que l'homme que vous envoyez au supplice s'est perdu par ma faute.

LE COMTE.

Tant mieux, il n'en souffrira que plus.

YOLANDE.

C'est horrible!

LE COMTE.

Que t'importe?

YOLANDE.

Je l'aime...

LE COMTE.

Toi, ma fille !... tu aimes cet homme !... Réponds, parle ! Quel sortilège a-t-il pu employer, pour se faire aimer de toi ?

YOLANDE.

Ne l'accusez pas, mon père ; il souffrait en silence ; j'ai compris son malheur... j'ai pleuré avec lui...

LE COMTE.

Mais tu ignores donc qu'il est l'ennemi de ton père ?

YOLANDE.

J'espérais effacer la haine qui vous sépare.

LE COMTE.

Tais-toi... ton amour est pour moi le plus grand des supplices.

YOLANDE.

Déjà, il m'avait promis d'oublier sa vengeance.

LE COMTE.

Il mentait.

YOLANDE.

Non, il ne mentait pas ; son amour était plus

fort que sa haine... voilà tout. Il m'aime autant
que je l'aime. (Le comte fait un mouvement.) Pardonnez,
mon père, le mal que je vous fais en parlant
ainsi ; mais puis-je l'abandonner, l'oublier, lorsqu'il est malheureux, lorsqu'il souffre par ma
faute?.. Ah! tenez, monseigneur, cette idée me
rend folle ; et, je vous le jure, le mettre à la torture, c'est me la donner à moi-même.... Le
sang qui va couler sera autant le vôtre que celui
de votre ennemi ; car chaque blessure qu'il va
recevoir m'atteindra comme lui... chaque coup
qu'on lui portera retombera sur votre fille... et
ce corps que l'on déchire par vos ordres, c'est
celui de l'enfant que vous avez pressé tant de
fois sur votre cœur... Au nom du ciel, répon-
dez-moi, et arrêtez son supplice, ou je vole
dans ses bras, le consoler, le soutenir, et mourir
avec lui...

(Elle fait un pas pour sortir ; le comte l'arrête brusquement.)

LE COMTE.

Arrête !... (Il s'adresse à deux hommes d'armes qui viennent d'entrer pour chercher des instruments de torture.) Allez
chercher le juif, et ramenez le prisonnier ici.

UN HOMME D'ARMES.

Oui, monseigneur.   (Ils sortent.)

YOLANDE, à son père.

Mes larmes vous ont touché.

LE COMTE.

Tes larmes, j'en ai honte ; mais, sur mon
âme, je te guérirai de ce fol amour... Tu aimes
cet homme, dis-tu ? Eh bien, je le dégraderai,
je le rendrai si chétif et si vil, que tu auras
honte de ton amour pour lui... Tu le mépriseras.

YOLANDE.

Jamais !...

LE COMTE.

J'en ferai un esclave, entends-tu bien ?... une
chose qu'on fouaille et qui sert de risée... Nous
verrons alors si la fille du comte Jullien osera
aimer encore l'ennemi de son père.

YOLANDE.

Ah ! vous me tuerez !

SCÈNE IX.

Don Garcia rentre, escorté des hommes d'armes.

DON GARCIA, au comte.

Que signifie l'ordre que tu viens de donner ?..

LE COMTE, aux hommes d'armes.

Qu'on le baillonne.

LE PAGE.

Monseigneur, voici le juif.

LE COMTE.

C'est bien.

LE JUIF, s'inclinant jusqu'à terre.

Monseigneur m'a fait demander ?

LE COMTE.

Dis-moi, juif... pour qui sont les esclaves que tu voulais acheter?

LE JUIF.

Pour les galères d'Ebn-Yousef, lieutenant d'El-Mansour.

LE COMTE.

Et l'on veut des chrétiens, pour cet office?

LE JUIF.

Si cela se trouve.

LE COMTE, désignant don Garcia.

Tu vois cet homme ?

LE JUIF, examinant don Garcia.

Oui, monseigneur.

LE COMTE.

Je te le vends.

YOLANDE. (Elle pleure et joint les mains.)

Mon père, ne faites pas cela.

LE COMTE, lui saisissant le bras.

Silence !... Préfères-tu que je l'égorge devant toi?...

LE JUIF, au comte, après avoir examiné don Garcia.

Il paraît bien faible... et bien exténué...

LE COMTE.

Qu'importe! je te le vends le prix que tu voudras.

LE JUIF.

Oh! alors, monseigneur, nous nous arrange-rons.

LE COMTE.

Oui, mais écoute, voici mes conditions.....
Quoiqu'il arrive, et quel que soit le prix qu'on pourrait t'offrir de cet homme, j'entends et je veux qu'il soit vendu comme esclave pour le service de Yousef.

LE JUIF.

Oui, monseigneur.

LE COMTE.

Tu m'apporteras les clauses du marché; et si

j'apprends que tu as manqué à ta promesse, sur
mon honneur de chevalier et ma foi de chrétien,
je fais saisir ta femme et ta fille, que je garde
en ôtage, et je les fais jeter toutes deux du
haut de mon donjon... Comprends-tu?...

LE JUIF.

Monseigneur peut être tranquille, il sera obéi.

LE COMTE.

C'est bien. (A Yolande.) Ose l'aimer, maintenant!

RIDEAU.

ACTE CINQUIÈME.

—

Le théâtre représente la salle d'armes du château du comte Jullien
—Au fond, une grand'porte à deux venteaux; à droite et à gauche, des portes. Entre chaque porte, des panoplies ; de distance en distance, des armures et quelques escabeaux.

SCÈNE PREMIÈRE.

Au lever du rideau, quelques hommes d'armes, armés de pied en
cap, debout et silencieux, sont au fond de la salle. — Le page
est parmi eux. — Le comte se promène silencieusement sur le
devant de la scène.

LE COMTE.

Robert n'est pas revenu ?

LE PAGE.

Non, monseigneur.

LE COMTE.

Et Hughes ?

LE PAGE.

Hughes non plus... Sa mission est aussi longue que périlleuse.

LE COMTE, comme se parlant à lui-même.

Il faut cependant qu'il se hâte, ou nous sommes perdus.

LE PAGE.

Monseigneur semble n'être préoccupé que d'une chose : la question de temps.

LE COMTE, se retournant.

Eh bien ?

LE PAGE.

Si l'on refusait d'envoyer les secours que vous demandez ?...

LE COMTE.

Allons, c'est impossible !... Je ne me suis adressé qu'à ceux que je connaissais, de vieux amis à moi, dont les bons et loyaux services m'ont été offerts maintes fois... Si j'ai envoyé Robert demander une trève aux Infidèles, ce n'est que pour gagner du temps et laisser les secours que j'ai demandés parvenir jusqu'à nous. Sans cela, à quoi bon tenter de reculer notre ruine de quelques heures... Mourir pour mourir, autant vaut aujourd'hui que demain... N'est-ce pas votre avis, messires ?...

LES HOMMES D'ARMES.

Oui, monseigneur.

LE COMTE.

Nous ne pouvons plus tenir sans ces renforts, ce n'est que trop certain... Nous sommes tellement affaiblis d'hommes et de munitions depuis huit jours que dure ce maudit siége, et les murs de notre vieux manoir, battus en brêche de tous côtés, sont dans un tel état de délabrement, que nous ne sommes plus capables d'arrêter les Infidèles... Ah ! maudit soit...

(Il s'arrête et se remet à marcher silencieusement. La porte s'ouvre, et Diego, tout botté et couvert de sueur, entre précipitamment.)

SCÈNE II.

TOUS.

Voici Hughes !....

LE COMTE, à Diego.

Eh bien ?

DIEGO.

Monseigneur, c'est une fatalité ; j'ai eu partout la même réponse... Ils sont bien fâchés, disent-ils, mais pas un d'eux n'est en mesure pour vous envoyer le secours dont vous avez besoin.

(Un silence.)

LE COMTE.

Tu as vu Gothbert?

DIEGO.

Oui, monseigneur.

LE COMTE.

Et Casteljac?

DIEGO.

Oui, monseigneur.

LE COMTE.

Et Mauléon?... Et Orthez?...

DIEGO.

Tous, Monseigneur.

LE COMTE.

Tu leur as dit que nos meilleurs soldats
étaient tués?...

DIEGO.

Oui, monseigneur.

LE COMTE.

Que nos murailles croulaient?...

DIEGO.

Oui, monseigneur.

LE COMTE.

Que nous manquions de vivres?

DIEGO.

Oui, monseigneur ; je leur ai dépeint toute notre situation.

(Un silence.)

LE COMTE.

Des parents !... Des amis !... Des compagnons d'armes !... Sur qui compter ?... (Il s'arrête, et ajoute à voix basse en levant la tête.) Ombre de don Garcia !...

(Entre Robert.)

SCÈNE III.

LE COMTE.

Ah ! Robert !... Qu'ont-ils dit, ces Infidèles ?

ROBERT.

Ils n'acceptent rien, monseigneur.

LE COMTE.

J'en étais sûr.

ROBERT.

Ils ne veulent ni paix ni trêve, tant qu'il restera une pierre debout du château, et ils se préparent à donner l'assaut.

LE COMTE.

Vous l'entendez, messires... C'est une guerre à mort... Il faut leur vendre chèrement notre vie. Remontez à vos postes, et dites à vos hommes toute la vérité... Pas de quartier pour nous, pas de pitié pour eux... Chacun pour soi, et Dieu pour tous... Allez !

LES HOMMES D'ARMES, tirant leurs épées.

Monseigneur ! nous saurons mourir en Chrétiens et en hommes d'armes.

LE COMTE.

C'est bien ; je vous rejoins, et veux être le premier à vous donner l'exemple. (Ils sortent tous.) Restez, Hughes, j'ai à vous parler.

SCÈNE IV.

LE COMTE, à Diego.

Vous connaissez les souterrains du château ?

DIEGO.

Mieux que personne, monseigneur.

LE COMTE.

Vous savez combien il est facile de gagner la plaine et d'échapper aux assiégeants?

DIEGO.

Je ne l'ai pas oublié, monseigneur.

LE COMTE.

Voici les clés du trésor... Si je suis tué, ce qui est probable, vous viendrez chercher ma fille... Vous vous chargerez de tout l'or que vous pourrez emporter, sans compromettre votre fuite, et vous conduirez Yolande chez le comte de Gex, notre plus proche parent.

DIEGO.

Monseigneur?...

LE COMTE.

Silence ! voici ma fille.

SCÈNE V.

YOLANDE, au comte.

Quelles nouvelles, monseigneur ?

LE COMTE.

Excellentes.

YOLANDE.

Vous aurez les secours que vous attendez ?

LE COMTE.

Oui, mon enfant.

YOLANDE.

Quel bonheur !

LE COMTE.

Mais, écoute-moi... La lutte continue, plus acharnée que jamais ; il faut que je sois à la tête des miens... Si par malheur j'étais tué...

YOLANDE, embrassant son père.

O mon père !

LE COMTE.

Il faut tout prévoir... Voici le brave à qui je te confie ; il connaît les souterrains du château : il te conduira chez le comte de Gex... (On entend sonner l'assaut.) Voici l'assaut... adieu...

(Il se dégage des bras de Yolande et l'embrasse.)

YOLANDE.

Encore un mot, de grâce.

LE COMTE.

Un baiser, c'est tout ce que je puis pour toi. (Il l'embrasse.) Adieu... Adieu et bon courage... Hughes, veillez sur elle...

DIEGO.

Par mon salut éternel ! je réponds d'elle, monseigneur.

LE COMTE, tirant son épée.

Et maintenant, sus aux Infidèles !

(Il sort.)

SCÈNE VI.

YOLANDE, tristement.

Mon père !

(Comme elle va pour rentrer dans ses appartements,
Diego l'arrête.)

DIEGO.

Où allez-vous, madame ?

YOLANDE.

Je vais prier.

DIEGO.

Ce n'est pas le moment; il faut agir.

YOLANDE.

Que puis-je faire ?

DIEGO.

Ecoutez ce que j'ai à vous dire, et appelez à
votre aide tout votre courage.

YOLANDE.

Mon Dieu ! que se passe-t-il ?

DIEGO.

Votre père vous trompe.

YOLANDE.

Comment ?

DIEGO.

Il est réduit à la dernière extrémité, et abandonné de tous les siens.

YOLANDE.

Mais les secours qu'il a fait demander?...

DIEGO.

Ne viendront pas.

YOLANDE.

Alors, que va-t-il faire?

DIEGO.

Son devoir... Se faire tuer à la tête des siens.

YOLANDE.

Mon Dieu! que me dites-vous là?

DIEGO.

La vérité... Où allez-vous?

YOLANDE, en sortant.

Le sauver.

DIEGO.

C'est impossible!... Allons, elle ne m'écoute
plus... Si elle savait, cependant. Après tout, il
sera toujours temps de lui apprendre ce qui se
passe. Le plus pressé est de trouver Maguelone.

(Il va pour sortir par une porte à droite, et la vieille Maguelone entre par une des portes de gauche.)

SCÈNE VII.

DIEGO, se retournant.

Ah! te voilà, Maguelone!... je te cherchais.

MAGUELONE.

Moi aussi, messire, car je viens d'apprendre
votre retour... Eh bien?

DIEGO, en lui présentant une petite fiole.

Voilà.

MAGUELONE.

C'est le sang que je vous ai demandé?

DIEGO.

Oui, celui d'un Infidèle.

MAGUELONE.

Mort dans la journée?

DIEGO.

Depuis moins d'une heure.

MAGUELONE.

Et vos devoirs religieux?

DIEGO.

Remplis.

MAGUELONE.

C'est bien... Voyez si on ne nous observe pas.

(Pendant que Diego regarde s'ils sont bien seuls, Maguelone tire de sa poche une petite figure de cire traversée de part en part de grandes épingles. Elle plonge la figure dans la fiole que lui a remise Diego, après en avoir retiré les épingles, en murmurant quelques paroles inintelligibles; puis elle agite le flacon et le considère attentivement.)

DIEGO, avec anxiété.

Que vois-tu?

MAGUELONE.

Silence... le charme opère... Votre main... donnez-la moi, et prononcez tout haut le nom de celui que vous voulez envoûter.

DIEGO, se reculant.

Son nom?

MAGUELONE.

Oui.

DIEGO.

C'est un secret entre Dieu et moi.

MAGUELONE.

Alors, je ne puis rien vous dire.

DIEGO.

Rien?

MAGUELONE.

Non.

DIEGO, hésitant.

Il s'appelle... Jullien...

MAGUELONE.

Le .comte ?

DIEGO.

Lui-même.

MAGUELONE.

Quels sont vos griefs contre lui ?

DIEGO.

Cela ne regarde que moi.

MAGUELONE.

Pour le moment, messire, cela me regarde autant que vous... D'ailleurs, je puis vous servir ?

DIEGO.

Je n'ai besoin de personne.

MAGUELONE.

Serais-je ici, si vous ne m'aviez fait demander?

DIEGO.

Qui me répondra de ton silence?

MAGUELONE.

Tout ce que j'ai fait pour vous.

DIEGO.

Allons, femme, tu veux rire?

MAGUELONE.

Les complices d'un sortilège ne sont-ils pas punis de mort?

DIEGO, après un moment.

Connais-tu l'histoire des amours du comte Jullien et de dona Argentine?

MAGUELONE.

Ce n'est un secret pour personne.

DIEGO.

Oui; mais voici qui est un secret ignoré de tous, et si jamais tu le divulguais, malheur à toi!... Toute ta science ne te tirerait pas de mes griffes

MAGUELONE.

Parlez vîte, messire, et ne soyez pas plus effrayé que moi.

DIEGO, après un moment d'hésitation.

A Burgos, en Espagne, vers l'époque où l'outrage fait par le comte Jullien à don Garcia fut rendu public, un homme qui devait tout à don Garcia, et qui l'aimait de toutes les forces

de son âme, jura de tirer une vengeance écla-
tante de ce forfait... Il abandonna son maître
mourant, au risque de ne plus le revoir, pour
suivre à la piste les fugitifs, et presqu'en même
temps qu'eux, il arriva au château du comte, où
il se fit admettre en qualité d'homme d'armes.
Cet homme était depuis quelques heures seulement au château, il cherchait le moyen le plus
terrible et le plus prompt de venger son maître,
lorsque le soir même il reconnut sous l'habit
d'un mendiant celui qu'il croyait mort... Alors
il abandonna ses plans de vengeance pour suivre ceux de son maître, qui, en un instant,
fut trahi, pris et vendu comme esclave.....
L'homme d'armes renoua sa trame, et voici ce
qu'il fit... A force de ruse et d'adresse, il capta
sans scrupule la confiance du comte français;
puis, sûr de la place qu'il occupait, il prit des
informations, fit des recherches pour retrouver son maître, et enfin, acquit la certitude
qu'il était toujours vivant, mais toujours esclave.
Cette nouvelle fut aussitôt envoyée chez les
vassaux de don Garcia, qui ignoraient complètement le sort de leur infortuné maître.
L'homme d'armes leur conseilla de s'armer pour
venger le comte... Rien n'était plus facile. Les

15

-troupes devaient arriver sans bruit, camper dans le petit bois ; la nuit, une des poternes du château devait s'ouvrir devant elles et leur permettre de surprendre la garnison... Elles devaient tuer tout, sauf la fille du comte. De là elles devaient se diriger sur Rosas, où don Garcia est prisonnier, et le délivrer. Le comté de Castille, en l'absence du maître, est gouverné par deux puissants seigneurs, don Gilles et don Fernando; ils chargèrent un vieil écuyer, ayant nom Rodrigues, d'exécuter la mission périlleuse qui leur était proposée, et celui-ci l'accepta avec bonheur. Il fit une levée extraordinaire de vassaux, les arma et se mit à leur tête... Dans ce moment, Rodrigues et ses hommes sont en route ; peut-être arriveront-ils demain, peut-être aujourd'hui : mais, quelque diligence qu'ils fassent, ils arriveront trop tard... la moitié de la besogne sera faite. Les Mores auront vengé les Chrétiens d'Espagne.

MAGUELONE.

Alors que ferez-vous ?

DIEGO.

Si le comte est tué, j'enleverai sa fille, qu'il m'a confiée ; seulement, au lieu de la conduire chez le comte de Gex, qu'il m'a désigné, j'irai avec elle au devant des troupes conduites par Rodrigues ; nous tenterons de sauver don Garcia... Mais il faut que le comte meure... Maintenant que tu sais tout, fais agir la science.

MAGUELONE.

J'ignore encore qui vous êtes ?

DIEGO.

Je suis l'homme qui devait livrer le château. Ici, on m'appelle Hughes; là-bas, on m'appelait Diego, et j'étais un des écuyers de monseigneur don Garcia.

MAGUELONE.

C'est bien... Derrière cette porte, il y a une petite lampe qui brûle .. portez-la ici.

(Diego ouvre une des portes et prend une petite lampe qu'il remet à Maguelone.)

DIEGO.

La voici.

MAGUELONE.

Donnez-moi maintenant un objet qui ait appartenu au comte.

DIEGO.

Ce casque est-il bon ?

MAGUELONE.

Parfait... Tenez-le ainsi renversé... Bien...
(Pendant que Diego tient le casque renversé, Maguelone vide
dedans tout le contenu de la fiole, puis elle retire la petite figure
de cire, et la fait brûler à la flamme de la lampe. Enfin, elle prend
le casque des mains de Diego et le considère attentivement.) Vous
serez satisfait ; celui que j'envoûte, dans quelques minutes aura cessé de vivre.

DIEGO.

Dieu t'entende !... (On entend un grand bruit.) Se-
rai-je exaucé ?

(Il sort.)

SCÈNE VIII.

MAGUELONE, le regardant partir.

Va... va, ton thême est fait aussi, à toi... Le
comte doit mourir, mais ton âme escortera la
sienne ; c'est Maguelone qui te le dit... Quant à
demoiselle Yolande, je m'en chargerai, moi.

(Elle pose le casque du comte. — Le bruit redouble.—La porte
s'ouvre, et Isoline parait tout effrayée.)

ISOLINE.

Entendez-vous ce bruit horrible ?... Grand
Dieu ! protégez-nous !...

MAGUELONE.

Vous avez peur, ma belle enfant?

ISOLINE.

Oh! oui, j'ai grand'peur.

MAGUELONE.

Allez, ne craignez rien; quand l'orage gronde, c'est au chêne à trembler. La foudre ne tombe pas sur l'humble fleur des champs.

ISOLINE.

Vous croyez qu'il n'y a pas de danger pour moi?

MAGUELONE.

J'en suis sûre.

ISOLINE.

Mais ma maîtresse?

MAGUELONE.

Avec l'aide de Dieu, nous la sauverons... Aidez-moi d'abord à la retrouver; il faut que je lui parle....

SCÈNE IX.

Comme Maguelone achève ces mots, la porte du milieu s'ouvre, et le comte, porté sur un brancard par des hommes d'armes, est déposé à droite de la salle. Il est blessé mortellement. Yolande est auprès de lui.

ISOLINE.

La voici!

15

MAGUELONE, regardant le comte.

Déjà!... Reste... je vais revenir...

LE COMTE, à ses hommes.

Rappelez à mes gens qu'il n'y a ni pitié ni merci à espérer des Infidèles... Que chacun fasse son devoir... et cachez ma mort.

LES HOMMES D'ARMES.

Oui, monseigneur.

(Ils s'inclinent et sortent.)

YOLANDE.

Mon père! vous ne mourrez pas, je serais seule au monde.

LE COMTE.

Pauvre enfant! j'ai attiré sur toi la colère du ciel, et je ne puis rien pour toi... Moi, c'est fini. Je sens la mort qui m'étreint de toutes parts... elle m'arrache l'âme du corps!... Je souffre comme un damné!

YOLANDE.

Ne parlez pas ainsi, mon père, je...

LE COMTE.

Le temps presse... Dis-moi vîte que tu me pardonnes tout le mal que je t'ai fait... que je

meure en paix... J'expie ma faute, tu vois...
Oh ! le sang m'étouffe... Tu me pardonnes,
n'est-ce pas ? Dis vîte...

YOLANDE.

Pouvez-vous penser que j'aie pu vous haïr ?

LE COMTE, avec joie.

Tu ne m'as pas maudit ?

YOLANDE.

J'ai pleuré... j'ai souffert, mais je vous aime,
mon père, et je vous ai toujours aimé.

LE COMTE.

Oh ! ma Yolande ! ma fille chérie ! moi aussi,
je t'aime... Approche ton front de mes lèvres...
plus près... plus près... Va, le ciel te saura gré
de ce que tu as fait pour ton père ! Et moi...
moi, je te bénis... Embrasse-moi encore... Oh !
j'étouffe... Le sang... le sang... Yolande, où es-
tu ?... Adieu... Ad...

(Il meurt.)

YOLANDE.

Mon père !... mon père !...

(Elle pleure, penchée sur le cadavre de son père. A quelques
pas d'elle, Isoline est à genoux ; elle prie. — Au dehors, le
bruit redouble, et la lutte semble se rapprocher.—La porte
s'ouvre.)

ISOLINE.

Jésus ! nous sommes perdues !

(Elle se sauve.)

SCÈNE X.

DIEGO, à Yolande.

Venez vîte... Le château est envahi... tout est perdu.

(Yolande ne répond pas. Il s'avance près d'elle et la prend dans ses bras.)

YOLANDE, se débattant.

Laissez-moi... ma place est ici, auprès de mon père.

DIEGO.

C'est en son nom que je viens vous prendre. J'ai juré de vous sauver, et je tiendrai mon serment, malgré vous, s'il le faut.

YOLANDE.

Laissez-moi.

(Il court, tenant Yolande dans ses bras, vers un des panneaux de droite, pousse un ressort, une porte masquée s'ouvre, et il disparaît avec Yolande. Comme le panneau se referme sur eux, le page arrive par la porte de gauche ; il tient son épée à la main.)

SCÈNE XI.

LE PAGE, seul.

Hughes !... Hughes !... Qu'est-il devenu ?... (Il aperçoit le comte) Ah ! le comte... Il n'a plus besoin de rien, lui... Çà, c'est bien fini de rire... Il faut se faire tuer ou être esclave ?... J'aime mieux être tué. D'ailleurs, il n'y a pas grand'-chose à perdre aujourd'hui. C'est dans dix ans l'an 1000, la fin du monde... Dix ans !... dix belles années... Ah ! il y aurait cependant encore le temps de s'amuser... (Il est interrompu par quelques Mores qui entrent l'épée à la main.) Bon !... voilà mon affaire... Messeigneurs, donnez-vous la peine d'entrer.

SCÈNE XII.

LES MORES.

Rends-toi, ou tu es mort ?

LE PAGE, en les attaquant.

Voyez comme ces animaux-là sont gracieux.

LES MORES.

Mort au Chrétien !... Mort au Chrétien !...

LE PAGE.

Chiens que vous êtes ! ne pouvez vous happer sans hurler ?... (Il en blesse un.) Bien touché... Il a l'air d'avoir une crampe... Dieu ! qu'il est laid... Ah ! la bonne mine. Retirez-donc cet animal de là, ou je crève de rire.

UN MORE.

Par Mahomet ! je te tuerai.

(Le page reçoit un coup d'épée en pleine poitrine.)

LE PAGE.

Grand-merci, l'ami, voici une entaille assez large pour que mon âme y passe tout entière.

(Il laisse tomber son épée, fait quelques pas en chancelant, et vient tomber auprès du corps du comte.—Entre une nouvelle troupe de Mores plus considérable que la première, à la tête de laquelle est don Garcia un poignard à la main.)

SCÈNE XIII.

DON GARCIA.

Le comte !... Le comte !... où est-il ?

LE PAGE, en soulevant le voile qui couvre le comte.

Le comte?.. le voici... Parbleu, voilà qui s'appelle mourir dans l'exercice de ses fonctions.

(Il retombe et meurt.)

DÓN GARCIA, considérant le cadavre du comte.

Mort !... il serait mort !... Oh ! c'est impossible. (Il s'approche du comte et lui met la main sur le cœur.) Non... il est encore chaud... Vîte ! un médecin. un médecin. Il doit être temps de le sauver. (Il s'adresse à un More qui est auprès de lui.) Ah ! toi, tu es un savant... Cet homme n'est pas tout à fait mort, n'est-ce pas ?

LE MORE, examinant le cadavre du comte.

Cet homme est bien mort.

DON GARCIA.

Tu mens ! c'est impossible.

LE MORE.

Chrétien, je te dis que cet homme est mort.

DON GARCIA.

Tu le dis, je le crois ; mais penses-tu qu'en infiltrant dans ses veines le sang d'un vivant, on pourrait le faire revivre ?

LE MORE.

C'est impossible.

DON GARCIA.

Une minute seulement ?... Vous avez des secrets merveilleux, des sortilèges, des maléfices, que sais-je ? Emploie ce que tu voudras, je consens à tout... Tiens! prends mon sang... essaie.

LE MORE.

C'est inutile, te dis-je.

DON GARCIA.

Ah! c'est affreux!... Mon Dieu! prenez dix
ans de ma vie, prenez-là tout entière, s'il le
faut; mais faites que cet homme, qui est là couché, revive un instant... le temps seulement de
lui dire que c'est moi, don Garcia, dont il a
voulu faire un esclave, qui ai conduit les Infidèles contre son château, pour tout tuer... tout
détruire... J'ai la foi!... je crois. Faites ce miracle, mon Dieu! et je vous glorifierai. . Il ne
remue pas?.. il est bien mort... Je suis maudit!

(Il se laisse tomber sur un escabeau placé près du comte, la
tête cachée dans ses mains. Entre Yousef escorté de Mores.)

SCÈNE XIV.

YOUSEF. (Il s'adresse aux Mores qui l'entourent.)

Tuez tout! hors les femmes... Brûlez! démo-
lissez tout ce qui reste debout, et apportez dans
cette salle toutes les dépouilles du château...
Les parts du butin se feront ici... (A don Garcia.)
Eh bien! Chrétien, es-tu content de nous?

DON GARCIA.

J'ai perdu ma vengeance.

YOUSEF.

Quoi ! le comte est mort ; ses vassaux sont tués, dispersés, son château brûle ; dans quelques heures, il n'en restera pas une pierre debout ; tu es libre, et tu regrettes quelque chose ?... Tu trouves ta vengeance perdue ?

DON GARCIA.

Il est mort sans me maudire !

YOUSEF.

Ce qui est écrit est écrit... Nous avons tenu notre parole. Dieu est grand !

(Yousef sort. Don Garcia reste immobile auprès du corps du comte Jullien.)

SCÈNE XV.

On voit les Mores accourir de tous côtés. Les uns enlèvent le corps du comte, les autres portent des étoffes, des armes, des vases précieux, des meubles, de l'or, et toute espèce de choses qu'ils mettent pêle-mêle au milieu de la salle d'armes. Ils amènent aussi une par une les femmes de Yolande, au nombre de trois ou quatre ; elles ont les mains liées, et sont placées comme faisant partie du butin. — Isoline est avec elles.

16

UN MORE.

Comment, tu es ici, toi ?

DEUXIÈME MORE.

Pourquoi pas ?

PREMIER MORE.

Et ton poste ?

DEUXIÈME MORE.

Il n'y a pas de poste qui tienne, lorsqu'il s'agit de partager le butin.

(Maguelone, qui vient d'entrer pendant ce colloque, se penche vers Isoline.)

MAGUELONE.

Où est-elle ?

ISOLINE.

Sauvée par Hughes.

UN MORE, remarquant la sorcière.

Que viens-tu faire ici, vieille sorcière ?

MAGUELONE.

Chercher un abri et implorer votre charité, mes bons seigneurs.

LE MORE.

Si tu ne déguerpis pas au plus vîte, et si je

te reprends à rôder par ici, je fais charité de ta carcasse aux poissons de la rivière... Tu entends ?

MAGUELONE, à mi-voix.

Chien d'Infidèle !...

LE MORE.

Tu dis ?...

MAGUELONE.

Le ciel vous soit propice, monseigneur.

LE MORE.

Ah ! c'est bien ; pars, et qu'on ne te revoie plus.

(Elle sort.)

SCÈNE XVI.

UN MORE, qui entre.

Allah est grand !

UN AUTRE.

Mahomet est son prophète... Tu viens, je gage, de faire un riche butin ?

PREMIER MORE.

Le plus beau des joyaux du comte Jullien, la perle de son trésor, est entre nos mains.

DEUXIÈME MORE.

Quelle est cette capture ?

PREMIER MORE.

Sa fille.

DEUXIÈME MORE.

Ah ! Allah est grand !

PREMIER MORE.

Et Mahomet est son prophète.

DEUXIÈME MORE.

Elle s'était cachée ?

PREMIER MORE.

Bien mieux ; elle s'était échappée par les souterrains du château, escortée d'un chien de Chrétien que nous avons tué, mais qui nous a tué bien du monde.

DEUXIÈME MORE.

Enfin, vous la tenez ?

PREMIER MORE.

La voici.

ISOLINE.

Pauvre maîtresse !

(Yolande entre soutenue par deux Mores.)

SCÈNE XVII.

UN MORE.

Il faut prévenir Yousef.

(Les Mores font asseoir Yolande sur un ballot placé auprès
d'Isoline, et ils partent tous. — Yolande est pâle et comme
sans connaissance ; elle semble ne pas reconnaître Isoline
qui se penche vers elle et l'embrasse.)

ISOLINE.

Ne pleurez pas, madame, don Garcia est ici.

YOLANDE, tressaillant.

Don Garcia !

ISOLINE.

Derrière vous.

(Yolande tourne la tête vivement, et aperçoit don Garcia, qui
est toujours immobile ; elle pousse un cri de joie et s'élance
vers lui, presque dans ses bras.)

YOLANDE.

Monseigneur !... Ah ! je suis sauvée !.

DON GARCIA.

Yolande !

YOLANDE.

Quoi ! ce n'est pas un rêve ?... c'est bien
vous, monseigneur ?... Ah ! c'est trop de bonheur !... Laissez-moi votre main... je doute en-

core... il me semble que vous allez m'échapper.
Je vous distingue à peine à travers mes larmes.

DON GARCIA.

Pauvre enfant !

YOLANDE.

J'ai tant souffert !

DON GARCIA.

Et moi, donc !

YOLANDE.

Vous aussi ?... Oui, cela se voit... Je ne sais
que vous dire... je pleure ; mais je suis bien
heureuse, allez... Si vous saviez, j'ai perdu...
j'ai pleuré tout ce que j'aime... Je me croyais
seule au monde, et puis... je vous retrouve...
Ah ! Dieu est bien grand !... Cependant, je
doute encore... j'ai peur...

DON GARCIA.

Que craignez-vous ?

YOLANDE.

Je crains... Non, je ne crains plus rien, puisque vous êtes auprès de moi...

DON GARCIA, avec feu.

Et que tu m'aimes... comme je t'aime, n'est-
ce pas ?

YOLANDE.

Comme vous me dites ce mot, monseigneur!..
C'est la première fois que je l'entends prononcer ainsi.

DON GARCIA.

Ah! c'est que personne ne t'a aimée comme
je t'aime... C'est que depuis que tu es auprès de
moi, depuis que tu me parles, la glace qui
m'oppressait le cœur se fond... Je respire!.. j'éprouve un ravissement divin! Je n'étais que
haine, je suis tout amour!

YOLANDE.

Et moi, il me semble que le ciel est entré
dans mon cœur.

DON GARCIA.

Sais-tu que je suis libre? sais-tu qu'à compter
de ce jour, je reprends tous mes titres, je reprends tous mes biens?

YOLANDE.

Moi, j'ai tout perdu!

DON GARCIA.

Je puis te rendre tout... Mes vassaux sont
braves et fidèles, riches et nombreux... Veux-tu
être leur châtelaine?

YOLANDE.

Oh ! j'ai plus d'ambition... Si je suis vraiment la bien-aimée de monseigneur, je demande pour dot... le pardon de mon père.

DON GARCIA.

Pardonner au comte Jullien ?

YOLANDE.

Il n'y a plus de comte Jullien ; il n'y a plus qu'un homme qui est mort en se repentant... Pardonnez-lui, monseigneur, et Yolande est à vous tout entière.

DON GARCIA.

Non, il m'a fait trop de mal.

YOLANDE.

Je le réparerai... Mon amour effacera vos larmes.

DON GARCIA.

Non, c'est impossible... je ne puis pas, je mentirais.

YOLANDE.

Ah ! vous aimez encore votre haine plus que moi !

DON GARCIA.

Demande tout ce que tu voudras ; mais pourquoi, entre ton amour et le mien, venir placer l'ombre de ce mort?

YOLANDE.

Parce que cette ombre est celle de mon père, et que je ne veux pas que la bouche qui me dit : Je t'aime! ait le droit de maudire mon père... C'est affreux, monseigneur, songez-y. D'ailleurs, s'il était coupable...

DON GARCIA.

Vous en doutez ?

YOLANDE.

Je suis sa fille, monseigneur; il ne m'appartient pas de le juger... s'il était coupable, il s'est repenti..... il a tout expié.... Pardonnez-lui comme il a pardonné!

(Un silence.)

DON GARCIA.

Non, jamais !

YOLANDE, s'éloignant de don Garcia.

Dieu du ciel ! il refuse !... Monseigneur, tout est fini entre nous... Yolande ne sera jamais à vous; elle ne vous aime plus ; et puisqu'elle est seule au monde, sans parents, sans appui, sans un cœur où reposer sa tête, plutôt que d'être

l'esclave d'un Infidèle, elle préfère la mort.
(Elle va pour sortir.) Adieu. Le château de mes pères,
s'il ne peut plus m'abriter, saura bien m'en-
gloutir .. Que Dieu me pardonne, et qu'il vous
protège.

(Comme elle s'élance vers la porte, don Garcia l'arrête.)

DON GARCIA.

Yolande!.. reviens... je t'aime... je t'aime!...
Je pardonne à ton père.

(Yolande pousse un cri de joie et se jette dans les bras
de don Garcia.)

YOLANDE.

Monseigneur! vous êtes noble et grand!

DON GARCIA.

Suis-je aimé de toi, maintenant, dis?

YOLANDE.

Oh! oui; Yolande vous aime!

DON GARCIA.

Tu m'aimes!

YOLANDE.

Entre vous et Dieu, monseigneur, je ne distingue plus.

VOIX DU DEHORS.

Monseigneur, elle est là.

YOLANDE.

Les Infidèles ! Nous sommes perdus.

DON GARCIA.

Ne crains rien.

(Yousef entre suivi d'une foule de soldats. Yolande est encore dans les bras de don Garcia.)

SCÈNE XVIII.

YOUSEF, à don Garcia.

Chrétien, ce que tu fais est une félonie...
Laisse cette femme, elle est à nous.

DON GARCIA.

Cette femme m'appartient.

YOUSEF.

Tu mens !

DON GARCIA.

Par le Christ ! demande-le lui toi-même.

YOLANDE.

Monseigneur, il dit vrai.

YOUSEF.

Eh bien... nous le ferons mentir... Aujourd'hui, et par droit de conquête, tu m'appartiens, gentille jouvencelle.

DON GARCIA.

Suis-je mort ou sans défense?... As-tu perdu la raison, ou as-tu la foudre en ta puissance, pour oser devant moi tenir un tel langage?

YOUSEF.

Par Mahomet! Chrétien, tu lasses notre bonté... Nous t'avons promis ta liberté en cas de succès, ou la mort en cas d'échec... Tu es libre. Va-t-en, mais laisse cette femme.

DON GARCIA.

Plutôt la mort!

YOUSEF.

Par Mahomet! tu seras satisfait!

DON GARCIA.

Viens-donc la prendre, si tu l'oses.

YOUSEF, à ses soldats.

Soldats! à vous tout le butin, à moi cette jouvencelle, et la mort à ce téméraire.

(Don Garcia se baisse vivement, ramasse une masse d'armes qui est à ses pieds, prend Yolande de son bras gauche, et bat en retraite pour gagner la porte de droite, en brandissant sa masse d'armes au-dessus de sa tête.)

DON GARCIA.

De par tous les saints de Castille! je fais un cadavre du premier qui m'approche!

YOLANDE.

Sainte-Vierge ! protégez-nous !

YOUSEF.

Allons ! sus au Chrétien ! (Quelques soldats se jettent sur don Garcia.) Mort au Chrétien !

(Le premier qui s'avance reçoit un coup de masse sur son casque ; il est renversé : puis un deuxième, puis un troisième. Enfin, ils s'élancent en masse, en poussant des cris de rage, sur don Garcia, qui est protégé par le butin déposé dans la salle.)

YOUSEF.

Tuez-le !... Tuez-le !...

DON GARCIA.

Les lâches ! cent contre un.

VOIX DIVERSES.

Mort au Chrétien !... Mort au Chrétien !...

YOUSEF.

Prenez-garde de blesser la jeune esclave.

YOLANDE.

Monseigneur, laissez-moi... derrière nous, il y a une porte secrète... Notre salut est là.

(En disant ces mots, elle glisse d'entre les bras de don Garcia, s'élance vers un des panneaux placés derrière elle, pousse un ressort, et une porte masquée s'ouvre. (C'est celle par laquelle elle a fui avec Diego.) En voyant les prisonniers prêts à leur échapper, les cris de mort redoublent.)

DON GARCIA.

Fuyez, Yolande... fuyez vîte, je suis épuisé.

YOLANDE.

Pas sans vous, monseigneur.

(Au moment ou don Garcia va pour gagner la petite porte,
il tombe, un genoux à terre; il est à moitié renversé, mais
il lutte toujours.)

YOLANDE, jetant un cri d'effroi.

Ah ! Dieu n'est pas pour nous !

DON GARCIA.

Saint-Jacques ! protégez-moi !

VOIX AU DEHORS.

Saint-Jacques !... Castille !... Castille !...

DON GARCIA.

Dieu ! ces voix !

LES MORES.

Trahison !... Trahison !...

(La porte de droite s'ouvre violemment, et les soldats de don
Garcia, à la tête desquels est Rodrigues, se ruent sur les
Mores.)

LES SOLDATS, en criant

Saint-Jacques !... Castille !... Mort aux Infidèles !...

SCÈNE XIX.

Les Mores fuient de toutes parts; ils abandonnent la place, en se sauvant par les portes de gauche et du milieu.

LES MORES.

Alerte !... Alerte !... Malheur sur nous !... voilà l'ennemi !

MAGUELONE, qui est entrée avec les soldats de don Garcia.

Pas de quartier !... Tuez tout !... ce sont des Infidèles.

DON GARCIA, reconnaissant Rodrigues.

Mon bon Rodrigues !

RODRIGUES.

Monseigneur, vous ici ?

TOUS LES VASSAUX.

Monseigneur !... Monseigneur !... Vive monseigneur Garci-Fernandez !

RODRIGUES, baisant les mains de don Garcia.

Ah ! le ciel est enfin pour nous !

DON GARCIA.

Oui, le ciel est pour nous, (Il prend Yolande par la main.) car il m'a envoyé un de ses anges pour me sauver... Castillans ! à partir de ce jour, je

reprends tous mes droits... je suis votre seigneur, et voici votre châtelaine. (A Yolande.) Comtesse Garci-Fernandez, je veux être le premier
à vous rendre hommage.

(Il fléchit le genoux devant elle, et lui baise la main.)

YOLANDE.

Mon Dieu ! est-ce un rêve ?

LES VASSAUX.

Vive la comtesse !

YOLANDE, à Maguelone qui s'avance.

Ah ! te voilà, Maguelone ?

MAGUELONE.

Ils te saluent comtesse... moi, je veux être la
première à te saluer reine.

LES VASSAUX.

Reine !

MAGUELONE, en saluant.

Salut à la reine de Castille !

YOLANDE.

Moi, reine !

MAGUELONE.

Oui, reine... car ceux de ta race seront

rois (*), je te le prédis, moi... Ecoute encore...
Un jour, à la Castille Aragon sera réuni; et devant ce double étendard, les Mores disparaîtront
de toutes les Espagnes... Le pays sera libre, et
l'unité partout.... Un Dieu, un peuple, un roi,
voilà ce que je vois !...

YOLANDE, tendant la main à Maguelone.

M'aimera-t-il toujours ?

MAGUELONE.

Toujours.

YOLANDE.

Alors, Dieu soit béni !

LES VASSAUX, en agitant leurs épées.

Vive la Castille, et notre belle souveraine !...

(*) On se rappelle que moins de trente ans après la mort de
don Garci-Fernandez, le comté de Castille fut érigé en royaume
par Sanche-le-Grand, roi d'Aragon, en faveur de son fils Fer-
dinand qui, par sa mère, dona Elvire, était arrière-petit-fils du
fameux Garci-Fernandez.

TABLE DES MATIÈRES

—

Imp. CARRÉ et Ce, imp. Gr-Tête.

A LA LIBRAIRIE DE E. DENTU.

CHANTS ET POÉSIES, précédés d'une préface, par THÉO-PHILE GAUTHIER. 1 vol. in-18..................... 1 50

CONTES POUR LES JOURS DE PLUIE, par ÉDOUARD PLOUVIER, précédés d'une préface par GEORGES SAND. Seconde édition ornée d'une jolie vignette. 1 vol. grand in-18 jésus. 3 »

COURSES DANS LES PYRÉNÉES, la Montagne et les Eaux, par HENRY NICOLLE. Deuxième édition. 1 vol. in-18 jésus 3 50

L'ESPRIT DES AUTRES, recueilli et raconté par EDOUARD FOURNIER. Deuxième édition. 1 vol. in-18............ 2 »

ESSAIS DRAMATIQUES par BÉLANGER. 1 vol. gr. in-18 jésus 3 50

HEURES DE PARESSE, poésies par LOUIS-MORIN PONS. 1 vol. in-18 jésus..................... 2 »

HISTOIRES DE VILLAGE, par ALEXANDRE WEILL. 1 vol. grand in-18 jésus .... 2 »

JULES CÉSAR, Tragédie de Shakspeare, traduite de l'anglais en vers français par AUGUSTE BARBIER, auteur des *Iambes*. Nouvelle édition, revue et corrigée, ornée de deux jolis portraits gravés. 1 vol. grand in-18 jésus............ 3 »

LE MÉDAILLIER, simples histoires par XAVIER EYMA. 1 vol. grand in-18 jésus..................... 3 50

NOUVELLES ET CHRONIQUES par ALEXIS DE VALON. — Aline Dubois. — Le Châle vert. — Catalina de Erauso.—François de Civille. Nouvelle édition. 1 vol. gr. in-18 jésus.. 3 »

POÉSIES par CLOVIS MICHAUX. 1 vol. grand in-18 jésus..... 3 50

UNE VOITURE DE MASQUES, par EDMOND et JULES DE GON-COURT. 1 joli vol. grand in-18 jésus................. 3 »

Imp. BARRÉ et cie, Imp. Gr.-Tête, Lith., Passage du Caire, 78 et 79.

www.ingramcontent.com/pod-product-compliance
Lightning Source LLC
Chambersburg PA
CBHW051814020726
47502CB00005B/1448